왜 다시 공자인가

초판 1쇄   인쇄 2017년 9월 9일
초판 1쇄   발행 2017년 9월 16일
지 은 이   옌동(閆东)
옮 긴 이   김승일
발 행 인   김승일
디 자 인   조경미
펴 낸 곳   경지출판사
출판등록   제2015-000026호

판매 및 공급처   도서출판 징검다리
주소 경기도 파주시 산남로 85-8
Tel : 031-957-3890~1 Fax : 031-957-3889 e-mail : zinggumdari@hanmail.net

ISBN 979-11-86819-73-9   03820

다시 왜 공자인가

옌동(闫东) 지음 | 김승일 옮김

NEW WORLD
PRESS

Korea Wisdom China
경지출판사

중영 공동 제작 다큐멘터리 '공자'
제작발표 회 중 인사말

　시진핑(習近平) 중국 국가주석의 영국 국빈방문 기간 중, 중국 중앙방송국 (CCTV) 과 중국국제TV총공사(中國國際電視總公司)·영국 라이온 TV·산동 대중미디어그룹(山東大眾報 業集團) 이 공동 제작한 다큐멘터리 '공자' 가 전 세계 방영을 앞두고 제작발표회를 가졌다. 공자는 중국의 고대 사상가이자 교육자, 유가학파의 창시자로, 다큐멘터리 '공자' 는 그의 생애와 그가 후대에 미친 영향 등을 집중 조명했다.

　중화문명의 대표적 문화코드인 공자는 중국뿐만 아니라 전세계가 주목하는 인물이다. 이 같은 배경 하에 CCTV 는 중국 국영방송국으로서 보다 다양한 각도에서 입체적으로 공자의 삶과 그의 심오한 사상을 이야기하고자 했다. 다큐멘터리 '공자' 의 제작은 결코 저버릴 수 없는 역사적 사명이자 문화적 책임이라고 할 수 있다 .

중앙텔레비전 리팅(李霆) 부총편집이 기자회견을 하며 다큐멘터리〈공자〉의
제작을 전세계를 향해 정식으로 발표하고 있다.

　공자는 중국문화의 상징으로서 중국의 사상문화 발전에 지대한 영향을 미
쳤을 뿐만 아니라 세계에서 가장 잘 알려진 중국인이기도 하다.

　그렇다면 공자는 과연 누구인가? 그는 어떤 삶을 살았고, 어떤 스토리를 가
지고 있는가? 그가 불후의 윤리·도덕·철학을 세울 수 있었던 힘은 어디에서
나왔는가? 공자사상의 핵심은 무엇이며, 그의 사상이 치국(治國)의 도(道)이
자 민족의 뿌리로 여겨지며, 나아가 오늘 날에까지 영향을 미치고 있는 이유
는 무엇인가?

　이 같은 물음에 답하기 위해 중영 양국 제작팀은 2013년 9월 다큐멘터리
'공자' 제작에 착수했다. 많은 어려움에도 불구하고 제작팀은 장장 2년여의
시간을 들여 공자와 관련된 인물과 장소는 물론, 전국 각지의 유적지와 관
련 행사·최근 일어났던 관련 사건들을 전방위적으로 취재했고, 철저한 자료

조사를 바탕으로 인터뷰와 촬영을 기획했다. 중국 산동·베이징(北京)·광동(廣東)·후난(湖南)·후베이(湖北) 등 중국 곳곳을 돌며 다량의 취재 분량을 확보했다. 특히 새해를 맞아 고향으로 돌아가는 중국 서민들의 모습을 통해 오늘날의 현실생활에도 뿌리내리고 있는 유가(儒家)문화와 전통의 의미를 되새겨 보았다. 칭명절(淸明節) 기간에는 특별히 산동 취푸(曲阜, 곡부)를 찾아 공자의 후손들이 모시는 제사를 충실히 기록했고, 공자의 생전 상황을 일부 재연함으로서 공자의 일생을 보다 생동감 있게 들여다보고자 했다.

다큐멘터리 '공자'는 정교하고 아름다운 화면으로 시공간을 초월한 공자의 역사와 시대를 그려냈다. 공자와 유가사상을 적극적으로 탐색하고 발견함으로써 전 세계 시청자들에게 공자와 유가사상이 오늘날까지도 중국과 전 세계에 어떤 영향을 미치고 있는지를 확인시켜 줄 것이다.

다큐멘터리 '공자'는 중화문화에 대한 국제적 이해를 높이고 중서(中西) 문화의 융합을 심화시키고자 제작했다. 다큐멘터리 '공자'는 시청자들을 공자의 시대로 안내해 줄 것이고, 국제적 시각에서 공자사상의 베일을 벗겨줄 것이며, 시청자들은 이를 통해 중국의 참모습을 알게 될 것이다.

공자의 유가와 이를 토대로 발전한 유가 사상은 중국 전통문화에서 빼놓을 수 없는 중요한 부분으로 중화문명에 지대한 영향을 미쳤다. 중화민족의 형성과 발전 과정에 영향을 미친 다른 사상문화와 마찬가지로 유가사상은 중화민족이 국가 건설과정에서 보여준 강인한 정신과 이성적 사고, 문화적 성과를 담고 있으며, 중화민족의 정신적 지향점을 드러내고 있다. 유가사상은 중화민족이 끊임없이 생장하고 발전할 수 있는 중요한 자양분이다. 중화문명은 중국 발전에 지대한 영향을 미쳤을 뿐만 아니라 인류문명 진보에도 중요한 기여를 했다.

1582년 머나먼 서양의 이탈리아에서 당시의 명(明) 제국으로 건너왔던 이탈리아 대주교 선교사 마테오 리치는 천주 교리로 중국을 동화시키고자 했으나 수년 동안 아무것도 얻은 바가 없었다. 1594년이 되어서야 중국 유생(儒生) 구태소(瞿太素)의 제안으로 승복을 벗고 유학자의 복장을 입는 등 서양에서 온 유학자 행세를 했는데, 그로 인해 존경을 받기 시작하면서 비로소 공자라는 인물이 명(明)제국에 얼마나 많은 영향을 미치고 있었는지를 이해하게 됐다.

마테오 리치는 그의 저서 《중국 선교사》에서 "중국의 가장 위대한 철학자는 공자다. 그의 말과 그의 생활태도는 우리의 고대 철학자와 비교해도 전혀 손색이 없다. 서양의 많은 철학자들을 공자와 함께 논할 수 없다. 그가 말한 것 혹은 기록한 것을 금과옥조(金科玉條)로 여기지 않는 중국인은 단 한 사람도 없다. 지금까지도 모든 제왕이 공자를 존경하며, 그가 남긴 유산(遺産)에 감격해한다"고 서술했다.

1594년 마테오 리치는 라틴어로 번역한 《사서(四書)》를 출간했다. 이는 유가경전이 최초로 서양의 언어로 번역된 것으로, 중국과 서양의 문화교류에 지대한 공을 세웠다는 점에서 마테오 리치는 '기독교의 공자'라는 칭호를 얻기도 했다. 마테오 리치를 포함해 그 시대에 활동한 모든 선교사들 중 중국 선교사업에서 실질적인 성과를 거둔 사람은 없었다. 그들은 오히려 공자라는 중국 고대 선철(先哲)의 저서를 서양 세계에 알리는 역할을 한 덕분에 파리를 포함한 서양세계 곳곳에 공자의 저서가 퍼질 수 있게 되었다.

공자사상은 전 세계로 뻗어나가면서 계몽운동시기의 중국에서부터 동아시아 문화권까지, 그리고 오늘날의 공자학원에 이르기까지 광범위한 영향을 미치게 했다. 유가는 세계에서 중요한 사상 자원이 됐으며, 공자 또한 인류문명에 위대한 공을 세운 중국인으로 기록되고 있다.

다큐멘터리 '공자'는 현대의 개방적인 시각과 혁신적인 영상 스타일로 살아 있는 이야기를 담고 심오한 사상을 풀이하고자 했다. 역사와 오늘의 관점에서, 또 중국과 세계의 각도에서 평범한 인물에서 성인(聖人)이 된 공자의 일대기와 유가문화의 가치를 들여다보고자 했다.

이 자리를 빌려 여러 분야에 걸친 노력으로 제작된 다큐멘터리 '공자'가 해외 시청자들에게 오랫동안 기억될 수 있는 경전 작품으로 헌정되기를 바란다.

리팅 중앙텔레비전
부총편집

在中英合拍纪录片《孔子》全球上线
新闻发布会上的致辞(代序)

　　时值中国国家主席习近平访英期间,由中央电视台、中国国 际电视总公司、英国狮子公司和山东大众报业集团联合出品的展 示中国古代思想家、教育家、儒家学派创始人孔子生平及其后世 影响的大型纪录片《孔子》即将正式上线,与全世界观众见面。

　　孔子作为中华文明最具象征性的文化符号,已经成为一个 世界性的热议话题。因此,作为国家媒体的中央电视台,全力 打造一部多方位、立体呈现孔子生平及其丰厚的思想遗产的纪(代序 录片,是我们义不容辞的历史使命和文化担当。

　　孔子是中国文化的象征性人物,对中国思想文化的发展有 极其深远的影响,也是世界上知名度最高的中国人。然而,孔 子究竟是谁?他的一生有怎样的故事?这些故事怎样促使他创 立了不朽的伦理道德哲学?孔子

中央电视台副总编辑李挺 在纪录片《孔子》
全球正 式上线新闻发布会上发言

思想的核心是什么?他的思想 为什么能成为治国之道、民族之根基且
影响至今,这是一个怎 样的过程?

　　自 2013 年 9 月起,中英创作团队历时两年的时间,克服 重重困难,前所
未有地深入到与孔子相关的人、地点、仪式中 去,既包括了历史遗存,
也容纳了当今发生的事件,展开了一 系列紧张有序的采访和拍摄。摄制
组在中国山东、北京、新 疆、广东、湖南、湖北等各地进行了大量拍
摄,特别是通过中 国普通百姓回家过年等内容,把镜头对准了中国老百
姓团圆的 场景,纪实展现了儒家文化传统在现实生活中的意义。清明节
期间,摄制组在山东曲阜忠实记录了 2015 年孔子家祭的全部 过程。情
景再现部分的拍摄,则对孔子的一生进行了详细解 读。

　　纪录片《孔子》以精妙绝伦的场景、引人入胜的画面,完 成了对孔子的历史与今天的呈现与穿越。这将是一次对孔子与 儒家思想的终极的探索与发现,让全球观众了解到,当今孔子 与儒家思想依然影响着中国与世界。

纪录片《孔子》的推出,旨在增强中华文化的国际理解, 深化中西文化的交流融合。它将带领全球观众一起探寻孔子的

生平与时代,以国际的视角,揭开孔子思想的奥妙。我们都想 读懂中国,通过孔子,我们终于能实现了。

孔子创立的儒家学说以及在此基础上发展起来的儒家思 想,对中华文明产生了深刻影响,是中国传统文化的重要组成 部分。儒家思想同中华民族形成和发展过程中所产生的其他思 想文化一道,记载了中华民族自古以来在建设家园的奋斗中开 展的精神活动、进行的理性思维、创造的文化成果,反映了中 华民族的精神追求,是中华民族生生不息、发展壮大的重要滋 养。中华文明,不仅对中国发展产生了深刻影响,而且对人类 文明进步做出了重大贡献。

1582 年,当利玛窦受意大利大主教委派,从遥远的西方 文明国度意大利来到当时的明帝国,试图用天主教义来同化中 国的时候,他在很多年里一无所成。1594 年,他在一位中国 儒生瞿太素的点拨下,脱下了曾经以为可以博取某种身份的僧 袍,穿上儒服,戴上儒冠,摇身一变成为受人尊敬的"泰西硕 儒"之后,他或许才真正理解了孔子之于这个古老而庞大的帝 国的影响力之大。

正如他在《中国传教史》中所说:中国最伟大的哲学家是孔子。他所说的和他的生活态度,绝不逊于我们古代的哲学家;许多西方哲学家无法与他相提并论。故此,他所说的或所写的,没有一个中国人不奉为金科玉律;直到现在,所有的帝王都尊敬孔子,并感激他留下的遗产。

同一年,利玛窦出版了《四书》的拉丁文译本,这是儒家经典最早被译成西方文字。由于利玛窦在沟通中西文化方面做出的巨大贡献,他曾被雅称为"基督教的孔夫子"。

利玛窦和与之同期的传教士们,并没有在中国取得传教事业上的实质性的进展,却使得孔子这位中国古代先哲的著作得以远渡重洋,先在巴黎问世,随后被传向了更广阔的西方世界。

孔子思想影响广及海外,从启蒙运动的中国趣味到东亚文化圈,一直到现在的孔子学院,儒家作为世界重要的思想资源,孔子亦被认为是中国人对人类文明的伟大贡献。

纪录片《孔子》以开放性的当代视野,创新性的电视影像风格,讲述鲜活的故事,解读深邃的思想,站在历史与今天、中国与世界的高度,去发现孔子由凡而圣的生命历程及儒家文化的当代价值。在此,我们热切地期望,汇聚各方面精英力量创作出的纪录片《孔子》,能够为中外观众奉献一部值得长久记忆的经典作品。

李挺 中央电视台副总编辑

Address at the Global Online Press Conference
for the Co-produced Documentary *Confucius*

The documentary Confucius, which was co-produced by CCTV, the China International Television Corporation (CITVC), Lion Television of the UK, and the Shandong Mass Newspaper Group, went online for a global audience during Xi Jinping's visit to the UK in 2015. The documentary presents the life and influence of Confucius, the ideologist, educator, and founder of Confucianism of ancient China.

As a cultural icon of Chinese civilization, Confucius has been a hot topic of discussion across the world for centuries. CCTV, as a state-owned media outlet, took on the historical mission and cultural responsibility to make a multi-directional, stereoscopic documentary that presents the life and ideological heritage of Confucius.

As a symbolic figure of Chinese culture, Confucius has had a

Li Ting, deputy editor-in-chief of China Central Television (CCTV), takes the floor at the Global Online Press Conference for the Documentary Confucius (international version). The conference was held in Lancaster Palace, London, on Oct. 22 , 2015.

profound influence on China's ideological and cultural development. He is also the best-known Chinese in the world, though little about his life is known in the West. Who is Confucius? What is the story of his life? How did he found this ethical and moral philosophy? What is the core of Confucian ideology? How did his philosophy become the root of a nation?

For a period of two years beginning in September 2013, the Sino-UK creative team delved into the people, places and rituals related to Confucius, including historical relics and current events, and conducted a series of interviews and video recordings. The documentary was shot in Beijing and a number of provinces and regions, including Shandong, Xinjiang, Guangdong, Hunan, Hubei, etc. Through focus on the reunion scenes of ordinary Chinese people during holidays such as the Spring Festival, the movie reveals in a tale- telling way the influence of traditional Confucian culture on real life. During Tomb-Sweeping Day in 2015, the crew of the documentary recorded the entire process of the Confucius Family Sacrifice in Qufu, Shandong Province.

While giving a detailed account of the life of Confucius, the movie shuttles back and forth between Confucius' time and China today through exquisite scenes and fascinating pictures so that the global audience may understand that Confucius and his ideology still have a great impact on China and the rest of the world.

The documentary was launched for the purpose of strengthening global understanding of Chinese culture and deepening the interchange and integration of Chinese and Western cultures. It will lead the global audience to explore the life and times of Confucius, and it will uncover the mysteries of Confucian thought from an international perspective. For those of us who want to understand China as it is, Confucius is certainly the key.

The Confucian doctrines and Confucian ideologies based thereon and developed therefrom have had a profound influence on Chinese civilization and have become important components of traditional Chinese culture. Confucianism, together with other thoughts and cultures that emerged during the formation and development of the Chinese nation, chronicles the spiritual activities, rational thinking and cultural achievements of the Chinese people in the process of building their homeland. It reflects the nation's spiritual pursuit and nourishes

its incessant growth and expansion. Chinese civilization not only has had a profound influence on its development, but also has made a great contribution to the civilization of all human beings.

In 1582, Matteo Ricci, a Jesuit priest sent by the archbishop of Italy, came all the way from that civilized Western country to the Ming Empire of China. He spent years trying to assimilate China with Catholic doctrines, but ended up accomplishing nothing. Initially, Ricci dressed in the robe of a Buddhist monk, but in 1594, at the suggestion of the Chinese scholar Qu Taisu, he dropped that and took on the silk gown of a Confucian mandarin. Perhaps not until he became a much respected Western scholar in China did he truly comprehend the magnitude of Confucian influence on this huge, ancient empire.

As Ricci said in Chinese Missionary History, "China's greatest philosopher is Confucius. Confucius' teachings and way of life are no inferior to those of our ancient philosophers, and many Western philosophers cannot even be compared to him. Therefore, what he said and what he wrote are considered golden laws and precious rules by all the Chinese people; all emperors honored Confucius and were grateful for his legacy."

The same year, Ricci published the Latin version of The Four Books (The Great Learning, The Doctrine of the Mean, The Analects of Confucius and Mencius), which composed the first translated Confucian classics in Western countries. Ricci was known as the Christian Confucius, due to his great contribution to the communication

between Chinese and Western culture.

Instead of making any substantial progress in their missionary work in China, Ricci and his fellow missionaries took Confucius' works across the sea first to Paris and then further to the wider Western world.

The spread of Confucian influence overseas in modern history went through three milestones: the China interest during the Age of Enlightenment, the East Asian cultural sphere and the Confucian institutes today. Because of the importance of Confucianism as a global ideology, Confucius is also considered a great Chinese contributor to human civilization.

Confucius tells fun and colorful stories and interprets profound ideologies in innovative audio-video form from an open, contemporary perspective. From the multidimensional vantage points of past and present and China and the rest of the world, the documentary explores Confucius' journey of life from an ordinary man to a sage and digs out the values of Confucian culture that apply to the world today. We have every expectation that this documentary, which is a co-product of the cream of all circles, will be a memorable classic to global audiences for a long time to come.

Li Ting

Deputy Editor-in-Chief of CCTV

목차

目录

CONTENTS

究竟该如何讲述一个文明古国的故事,尤 其是中国这样一个文化悠久、底蕴深厚的国度, 回望历史或许只能有一种方式,那就是通过一个人的故事来认知这个国家,这个人就是孔子。

2,500 years ago a man was born whose ideas would shape the lives of billions of people and the thinking of a nation. The country was China and his name was Kongzi, known in the West as Confucius.

공자, 그는 누구인가?

문명고국(文明古國)의 스토리, 특히 중국처럼 유구한 역사문명과 거대한 문화적 내공을 가진 나라의 이야기는 과연 어떻게 풀어내야 하는 것일까? 역사를 회고하는 방법은 단 하나, 바로 사람의 이야기를 통해 그 나라 전체를 이해하고자 하는 것이다. 공자, 그를 통해 중국을 만나보자.

공자,
그는 누구인가?

공자 초상화

공자는 2500여 년 전 예악(禮樂)이 붕괴된 혼돈의 시대에 태어났다. 그가
일생을 바쳐 주창한 유학사상은 쇠락한 왕실을 바로 세우고 패권경쟁에 빠진
제후의 시대에 새로운 질서와 조화의 확립을 위한 것으로, 그의 사상은 중국,
나아가 전 세계 수십 억 인구의 생활에 지대한 영향을 미쳤다.

공자의 일생은 좌절과 고난으로 점철되어 있다. 그의 사상과 학설은 줄곧
받아들여지지 못하다가 사후 100 년이 지난 뒤에야 점차 중화문명의 정수로

인정받았다. 공자의 교육사상은 중국 전통의 견고한 기틀로, 지난 2000여 년 간 이어져 오며 발전했다. 그가 제시한 효제충신(孝悌忠信·어버이에 대한 효, 형제간의 우애, 임금에 대한 충심, 친구에 대한 신의), 임인유현(任人唯 賢·오직 능력과 덕으로만 사람을 임용하는 것), 위정이덕(爲政以德·덕으 로 나라를 다스림)의 이론 및 주장은 오늘날까지도 중국의 정치 경제 가운데 깊숙이 뿌리내리고 있다. 공자가 강조한 '예(禮)'는 국가 안정의 기본으로, 이 같은 관념은 오늘날까지도 중국 사회 전반을 관통하고 있다.

위로는 국가에서부터 아래로는 사회를 구성하는 핵심인 가정까지 공자의 '예'를 따르고 있는 것이다.

시드니대학교 왕안궈(王安國) 교수

시드니대학교 왕안궈(王安國) 교수 "중국을 이해하고자 한다면 반드시 공 자와 그가 남긴 사상 및 문화유산을 이해해야 한다."

공자는 중국 역사상 가장 위대한 사상가이자 교육자, 정치가였다. 그러나 그의 교과서 같은 일대기가 기록되고 전해지기 시작한 것은 공자 사후 400년이 지나서의 일이다. 당시는 수백 년 간 계속된 전쟁과 혼란의 시대가 막을 내리고 비교적 평화로운 분위기 속에서 빠른 번영을 이루어가던 때로, 오늘날까지 전해지고 있는 많은 전통관념과 문화 풍속 대부분이 그때 형성된 것들이다. 한(漢)나라는 경제적으로나 문화적으로나 전례 없이 번성했던 때였는데, 한나라와 함께 이야기될 수 있는 나라는 전 세계적으로 로마가 유일무이하다.

서한(西漢)시기의 유명한 사상가이자 철학자인 사마천(司馬遷)이 중국 최초의 통사(通史)인 《사기(史記)》를 쓴 것도 바로 이때였다. 사마천은 《사기》에서 각 왕조 별 군주와 중요한 영향을 미쳤던 인물의 언행을 기록함과 동시에 그들의 가문(世家)에 대해서도 따로 기록을 남겼는데, 《사기》중 〈공자세가(孔子世家)〉가 바로 사상 최초의 공자 관련 전기(傳記)이다.

서한(西漢) 역사학자 사마천(司馬遷)

"세상에 많은 군왕과 성현이 있어 생전에는 비할 바 없는 부귀영화를 누렸으나 사후에도 이들을 기억하는 이는 아무도 없다. 공자는 평민이었으나 그의 명성과 학설은 십 수대에 걸쳐 전해지며 학자들로부터 여전히 존경을 받고 있다.(天下君王至於賢人眾矣, 當時則榮, 沒則已焉. 孔子布衣, 傳十余世, 學者宗之)"

〈사기 · 공자세가〉는 공자의 일대기와 그의 사상을 기록하고 있을 뿐만 아니라 공자에 대한 사마천의 평가와 존경의 마음까지 담고 있다. 사마천의 공자에 대한 기록은 오늘날까지도 학자들이 공자를 연구하는 데 있어 가장 중요한 사료(史料)가 되고 있다.

예일대학교 진안핑(金安平) 교수

『안회가 들어와 공자를 뵈었다. 공자가 말했다. 회여, 《시경(詩經)》에 이르기를, "코뿔소도 아니고 호랑이도 아닌데 광야에서 헤맨다"고 하였다.
우리의 도에 무슨 잘못이라도 있단 말인가? 우리가 왜 이지경까지 되었냐?

(顔回入見. 孔子曰: 回,《詩》雲: 匪兕匪虎, 率彼曠野. 吾道 非邪? 吾何顔於此)』

　　"사마천이 저술한〈공자세가〉가 중요한 것은 공자 사후 300년 만에 그와 관련된 많은 이야기들을 한데 엮은 최초의 시도였기 때문이다. 그는 연속된 장편(長篇)의 전기로 공자의 일생을 복원했다. 사마천이 공자의 인성(人性) 부분에 특히 주목했기 때문에 공자 같은 위인이 지금까지 살아있게 되었을 뿐만 아니라 그의 중요한 사상이 전승될 수 있었다는 게 나의 생각이다. 이를 통해 우리는 어떤 사람이 되어야 하는지, 어떻게 도덕적이고 고상(高尙) 한 사람이 되어야 하는지를 배울 수 있게 되었다. 물론 자신의 말이 후대의 중국인에게 이토록 중요한 영향을 미칠 것이라고는 공자 본인도 전혀 알지 못했겠지만 말이다."

孔子其人

孔子画像

　　孔子诞生于 2500 多年前,那是一个礼坏乐崩、天下大乱 的时代,而他穷其一生所开创的儒学思想,正是试图为那个王 室衰微、诸侯争霸的时代重新建立秩序与和谐,并从此深深影 响了中国乃至世界几十亿人的生活。

　　孔子的一生历尽挫折与磨难,他 的思想和学说并没有被他的时代接 受,然而在他辞世数百年之后,他 的思想却逐渐成为中华文明的精髓所 在。孔子的教育思想是中国传统的坚 厚基石,已经沿用并发展了 2000

多 年,而在社会伦理道德层面他提出的 孝悌忠信和任人唯贤、为政以德的理

论和主张,依旧深植于中国的政治和经济格局之中。孔子坚信"礼"是家国安定的关键,这种观念始终贯穿于中国社会的方

方面面,上至国家典礼下到构成社会生活的核心单元家庭。

悉尼大学王安国教授:

若想了解中国就必须理解孔子,以及他留下的思想和文 化遗产。

孔子是中国历史上最伟大的思想家、教育家和政治家,然 而他那些以身垂范的生平事迹,却在辞世近 400 年后才被后代 史学家记录下来。也就在那个时代,历经数百年的动荡与战 争,中国进入了一段相对和平与迅速繁荣的时期,许多延续至 今的传统观念与文化习俗逐渐形成。这个经济与文化蓬勃发展 的时代就是汉朝,在同一时期,除罗马外世界上再无一个国家 可以与之相提并论。

司马迁是西汉时期的著名思想家和史学家,就在此时撰写 出了中国第一部纪传体通史《史记》。《史记》中评述了不同朝 代的君王和有着重要影响的人物,记载了他们的言行事迹以及 家族世袭的谱系,《史记》中的《孔子世家》一章就是第一部 关于孔子的传记。

西汉史学家司马迁:

　　天下君王至于贤人众矣,当时则荣没则已焉,孔子布衣 传十余世,学者宗之。

　　《史记·孔子世家》不但记载了孔子的生平事迹和他的言 论思想,也包含了司马迁对于孔子的评论和赞誉。时至今日, 这段文字仍然是当代学者研究孔子最重要的史料依据。

耶鲁大学金安平教授:

　　颜回入见孔子曰,回诗云:匪兕匪虎率彼旷野,吾道非 耶吾何为于此。司马迁所著的《孔子世家》之所以如此重 要,是因为它是历史上首次尝试,真正第一次将孔子逝世 300 年后出现的多个故事编纂在一起,通过一个连续的长篇 传记还原孔子的一生。我认为司马迁对孔子人性化的一面非 常关注,这么一个伟人不仅能够生存下来,还传承了重要的 思想,教导我们如何做人,教导我们成为道德高尚的人。当 然,孔子全然不知自己的言论最终会对中国人产生如此重要 的影响。

CONFUCIUS

A portrait of Confucius

Born into an age of violence and war, Confucius was the creator of a political and moral philosophy that was designed to bring harmony to the chaos of his times.

His extraordinary story saw his ideas rejected in his own lifetime. But, adopted by China's emperors in the centuries after his death, they have survived China's rich and tumultuous history to influence countless lives, not just in Asia, but across the world. His teachings have been the foundation of Chinese education for nearly 2,000 years. His ideas of meritocracy, obedience, and moral leadership have profoundly shaped China's political and economic landscape. And his belief in the power of ritual and etiquette to unite the nation still governs everything from ceremonies of state to the most important unit of Chinese life: the family.

JEFFREY RIEGEL:

To understand China, one must understand Confucius and his legacy.

The story of Confucius' life was first written down in the Han Dynasty, 400 years after his death. After centuries of civil war, this was an era of peace and prosperity, of great innovations and scholarship, in which many of the customs and traditions that define China to this day were born.

SIMA QIAN, a historian in West Han Dynasty

(analog photography)

At the heart of the court, the Grand Historian Sima Qian devoted his life to writing the first full history of China: the Shiji (Records of the Grand Historian). Contained within it is a narrative of the events, rulers and families who had made the most important contribution to the Chinese Empire, including the first known biography of Confucius.

SIMA QIAN: The world has known innumerable princes and worthies who enjoyed fame and honour in their day but were forgotten after death, while Confucius, a commoner, has been looked up to by scholars for 10 generations and more.

PROF. ANNPING CHIN, Yale University

A mixture of fact, oral history and Sima Qian's imagination, this biography is still one of the main sources for the story of Confucius' life, and it documents the struggles he endured to get his ideas heard.

ANNPING CHIN:

Yan Hui came in and Confucius asked: 'The Book of Songs says, "I am neither rhinoceros nor tiger, yet I got to the wilderness". Is our way wrong? Is that why we have come to this?' The biography of Confucius by Sima Qian is actually so important because it's the first attempt, the very first one, to draw together many stories that had emerged in the 300 years since Confucius' death. I think Sima Qian was so alert about this very human side of Confucius and to see how such a man was able not only to survive, but to pass on something very important about being human. And of course, Confucius had no idea that whatever he said would eventually end up being so important to the Chinese.

전설

전설

『공자는 노나라의 창평향 추읍에서 태어났다. 태어날 때부터 머리 위쪽이 패어 있어 이름을 구라고 했다. 자는 중니이고, 성은 공씨다.(孔子生魯, 昌平鄉陬邑° 生而首上圩頂, 故因名曰丘雲, 字仲尼姓孔氏)』

공자의 선친은 노나라의 유명한 무사였다. 정실부인과의 사이에서 9명의 딸을 두었고, 훗날 첩을 들여 아들 맹피(盟皮)를 낳았으나 불행하게도 다리가 불편했다. 대를 이을 건강한 아들을 간절히 원했던 공자의 부친은 열일곱 소녀를 세 번째 부인으로 들였다.

공자 75대손 쿵샹린(孔祥林, 공상림)

"공자의 부친은 60세가 넘은 나이에 안(顔) 씨 가문에 구혼을 했다. 안 씨 가문에서는 3명의 딸 중 누구를 그에게 시집보낼지 상의했는데, 첫째와 둘째 모두 극구 거부했다. 노인과 혼인하고 싶어 하는 처녀가 어디에 있겠는가? 그러나 막내 안징(顔徵)은 달랐다. "아버지께서 시집가라고 하시면 신랑이 누구든 시집가겠다"고 한 것이다. 그래서 안징이 공자의 아버지에게 시집을 가게 됐다."

아들을 간절히 바랐던 공자의 부모는 '성산(聖山)'이라 불렸던 니산(尼山)으로 가 건강한 아들을 낳게 해달라고 빌었다.

예일대학교 진안 핑 교수

"사마천은 '공자의 부모가 들에서 밀회를 했다', 즉, '야합(野合)' 하여 공자를 낳았다고 했는데, 유학자들은 이 같은 설에 큰 불만을 품었다.

그러나 사마천의 이 같은 기록은 공자의 아버지가 60세가 넘은 나이에 십 대의 아내를 취한 것에 남다른 의미를 둔 것이라고 생각한다.

사실 당시에 노년의 남자가 젊은 여성과 결합한다는 것은 예(禮)제도에 맞지 않는 것이었다. 다시 말해 사마천의 기록은 공자가 출생부터 평범하지 않은 인물이었고, 이로 인해 성장 과정에 있어 많은 난제를 해결해야 했음을 상징적으로 나타낸 것이라고 생각한다."

〈성적도(聖跡圖)〉는 중국에서 가장 오래된 연환화(連環畵·중국식 그림 이야기책) 중 하나로, 사마천이 저술한 〈공자세가〉의 내용을 토대로 그려졌다. 산동(山東) 취푸(曲阜)에 있는 공자박물관에 〈성적도〉 회화(繪畵) 본이 소장되어 있다. 공자 나이 15세부터 제작되기 시작한 〈성적도〉는 공자의 일대기를 보여주며, 그중에서도 공자의 탄생과 관련한 전설이 가장 유명하다.

베이징외국어대학교 톈천산(田辰山) 교수

"매우 생동감이 넘친다. 이 그림을 보면 이 이야기가 실제 있었던 시대로 돌아간 것 같다."

〈성적도〉 속의 '공모몽기린 (孔母夢麒麟, 기린 꿈을 꾼 공자의 어머니)'

〈성적도〉 속의 '공모몽 기린(孔母夢麒麟, 기린 꿈을 꾼 공자의 어머니)' 은 임신 중이던 공자 어머니가 신비의 동물인 기린 꿈을 꾸었다는 일화를 그린 것이다. 용의 머리와 사슴의 몸, 뱀의 비늘을 가진 기린은 상서로움을 상징하는 신수(神獸)로서, 중국 고대 신화 전설에서 기린의 등장은 범상치 않은 일이 있을 것임을 예고한다. 즉, 공자의 어머니가 기린 꿈을 꾼 것은 바로 공자 탄생의 비범함을 암시하는 것이다.

베이징외국어대학교 톈천산 교수

"중국인들은 예로부터 (기린을 보면) 사슴 몸통의 주요 부위를 떠 올린다. 사슴은 온화함을 상징하는데, 사슴은 다른 동물을 해치지 않을 뿐만 아니라 작은 곤충조차 밟지 않기 때문이다. 〈성적도〉에 기린이 등장하는 것도 바로 이 같은 이유 때문이라고 본다. 사람들에게 공자가 일반인과는 다른, 속세의 범인(凡人)이 아니라는 것을 말해주기 위해 기린을 등장시킨 것이다."

〈성적도〉 속의 공자의 유년생활

3살 때 아버지를 여읜 공자는 어머니와 함께 살아가며 극도의 빈곤에 시달렸다. 〈성적도〉에서도 공자의 힘겨웠던 유년시절 모습을 확인할 수 있다. 사대부였던 젊은 시절의 공자는 가축을 관리하는 벼슬인 승전(乘田) 등 말단 관리를 지냈었다.

예일대학교 진안핑 교수

"'사(士)'는 여러 가지 뜻으로 해석할 수 있는데, 개인적으로는 '신사'라는 해석이 가장 어울린다고 생각한다. '신사'는 일반 백성보다 한 단계 높은 계층으로, '사'와 평민의 가장 큰 차이점은 교육을 받을 수 있다는 데 있다."

30세를 넘긴 공자는 사학(私學)을 세워 제자를 양성하기로 결심한다. 철인(哲人)으로서의 삶도 이때부터 시작됐다. 초창기 소수에 불과했던 제자는 그가 생을 마감하는 때에는 3000명 이상으로 늘어났다.

캘리포니아대학 버클리캠퍼스 미쉘 닐란(Michael Nylan) 교수

"(공자의 사학은) 우리가 일반적으로 생각하는 학교 설립과는 다르고, 단순히 학술적 훈련만을 하는 곳이 아니었다. 그리스 초기의 철인들처럼 공자의 사학 설립은 제자들을 돕기 위함이었다."

그렇기 때문에 그의 제자 중에는 권세가문의 사람도 있었고, 귀족계층과 통치자를 꿈꾸는 사람도 있었다.

공자가 세상을 떠난 후, 그의 제자들에 의해 중국 최초의 경전 중 하나인 《논어(論語)》가 편찬된다. 《논어》는 공자 일생에서 가장 중요했던 학설과 사상을 담은 언행록으로, 최초의 《논어》는 공자의 제자들이 스승의 언행과 사상을 죽간(竹簡)에 새겨 넣은 것이었다. 지금까지 남아있는 죽간 《논어》중 가장 오래된 것은 기원전 55년의 고분에서 발견된 것이며, 공자 사망 후, 수 백 년에 걸쳐 《논어》의 판본이 크게 유행했다. AD 200년 흩어져 있던 내용이 통합되어 최종 확정된 《논어》판본은 비석에 새겨진 것이었다. 《논어》비석은 한(漢) 나라의 중앙 관학인 태학(太學)에 세워져 학자들의 연구학습에 쓰였으며, 통일 버전의 《논어》는 한나라의 전용 교과서가 되었다.

공자의 언행과 사상을 기록한 중요한 서적인 《논어》는 2000여 년 동안 중국 곳곳에서 널리 전파되어 왔다.

『배우고 때때로 익히면 기쁘지 아니한가. 벗이 멀리서 찾아주니 또한 즐겁지 아니한가. 남이 나를 알아주지 않아도 노여워하지 않음이 또한 군자가 아니겠는가. (學而時習之不亦說乎, 有朋自遠方來不亦樂乎, 人不 知而不慍, 不亦君子乎)』

『유자가 말하기를, 그 사람됨이 효성스럽고 공손하면서 윗사람 욕보이기를 좋아하는 사람은 드무니, 윗사람 범하기를 좋아하지 않으면서 난을 일으키는 사람은 없다. (有子曰 : 其爲人也孝弟, 而好犯上者鮮矣. 不好犯上, 而好作亂者, 未之有也)』 『공자께서 말씀하시기를, 세

사람이 길을 가면 그중에 반드시 나의 스승이 있으니, 그중 선한 자를 가려서 따르고, 선하지 못한 자를 가려서 잘못을 고쳐야 한다. (子曰: 三人行, 必有我師焉. 擇其善者而從之, 其不 善者而改之)』

쓰하이(四海)공자서원 교사 루윈펑(陸雲鵬)

"유가경전인 《논어》는 공자와 공자 제자들의 언행을 기록한 어록이 다 . 그 당시 공자가 어떻게 제자들을 가르쳤는지와 함께 제자들의 대화 또한 기록되어 있다."

《논어》는 오늘날까지도 공자의 철학사상을 연구하는 중요한 자료로 쓰이고 있다. 또한 그 안에 담긴 도덕 준칙은 중국 전통문화의 기석이 됐다.

『배우고 때때로 익히면 기쁘지 아니한가.(學而時習之不亦說乎)』

『배운다는 것은 본받는다는 것이다. 사람의 본성은 모두 선하나, 그 깨달음에는 선후가 있다.(學之爲言效也, 人性皆善而覺有先後)』

쓰하이공자서원 교사 루원펑

" 《논어》는 중국인의 《성경(聖經)》으로, 《논어》를 읽어보지 않은 중국인은 없을 것이다. 책에는 옛사람들이 중시했던 '수신제가 치국평천하(修身齊家治國平天下)' 같은 도리가 담겨 있는데, 이것을 배우면 천하를 다스리는 데 필요한 이치를 배울 수 있는 것이다."

传说

孔子生鲁,昌平乡陬邑。生而首上圩顶,故因名曰丘 云,字仲尼姓孔氏。

孔子的父亲曾是鲁国有名的武士,在与正室妻子生育了 9 个女儿之后,通过纳妾生下了儿子孟皮,却不幸患有足疾。这 让他更加急切地盼望拥有一个身心健全的儿子作为家族的继承 人,于是他又迎娶了当地一位 17 岁的少女。

孔子75代后裔孔祥林

孔子的父亲大概在60多岁的时候向颜家求婚,颜家就跟

三个女儿商量,你们谁愿意嫁给他。老大老二都不吭声,谁 愿意嫁给
一个老头?但是小女儿说:父亲说谁嫁给他就谁嫁 给他。所以第三个女
儿叫作颜徵在,就嫁给了孔子的父亲。

盼子心切的孔子父母于是去往当地有着"圣山"之称的尼 山祈祷,渴
望能够生下一个健康的儿子。

耶鲁大学金安平教授:

司马迁写道:孔子的父母在野外幽会,即"野合"后生 下孔子。然而
儒学家对此说法感到非常不满,但我认为这意 味着孔子父亲60岁左右
娶了当时十几岁的孔子母亲,在当时 一个年老的男人和年轻女子的结合
是不合礼制的,也就是说 孔子从出生就不是一个平常人,他在成长过程
中也必须解决 很多难题。

《圣迹图》是中国最古老的连环画之一,这部作品就是根据司马迁所著的《孔子世家》绘制而成的。在山东曲阜的孔子档案馆,现在还珍藏着一版《圣迹图》的绘画本。《圣迹图》的刻绘始于 15 世纪,这一套版本描绘了孔子一生的传奇故事,其中最有名的就是关于孔子诞生的传说。

北京外国语大学田辰山博士

这个非常生动,这个情景一看你自己就能进到这个情景当中去了。

《圣迹图》孔母梦麒麟

《圣迹图》中的这幅场景描绘的是孔子的母亲在怀孕之 时,曾经梦到了一种神秘的生物麒麟。这是一种集龙头、鹿 身、蛇鳞于一身的象征着祥瑞之兆的神兽。在中国古代的神话 传说中,每逢麒麟出现就表明会有大事发生,而孔子母亲的梦 境正是预示着孔子诞生的超凡入圣。

北京外国语大学田辰山博士:

在中国传统中,人们(看到麒麟)会想到鹿躯干的主要 部分,是鹿反映了这种生物温和的特性,鹿不会伤害其他动 物甚至不会踩踏到昆虫。我觉得这也是为什么麒麟在《圣迹 图》中如此重要,就是为了告诉人们为什么孔子如此不同, 他并不是凡夫俗子中的一员。

在孔子 3 岁时他的父亲便去世了。从此之后,孔子与母亲 就一直过着极其清贫的日子,《圣迹图》中也描画了孔子早年 的这一段生活。作为士族阶层的一员,年轻的孔子曾担任过一 些低微的官职,包括叫作"乘田"的畜牧管理员等职务。

耶鲁大学金安平教授:

"士"可以翻译为许多意思,我个人倾向于把"士"理解为"绅士",比平民百姓高一个阶层。而"士"与平民的区别 就在于"士"能够接受教育。

于是,在孔子 30 多岁的时候,他决定创办私学,传授弟 子,而他作为哲人的身份也由此开始。尽管最初的时候私学规 模很小,但终其一生受教于孔子的学生超过了 3000 人。

加州大学伯克利分校戴梅可教授:

这并不同于我们理解的办学,并不进行单纯的学术训练。如同希腊的早期哲人,孔子办学是为了帮助弟子在仕途上平步青云。因此,他的弟子,包括一些有权势的人、一些贵族阶层以及立志成为贤明统治者的人。

在孔子去世之后,孔子早年的教诲被他的弟子和再传弟子整理编撰成中国最经典的书籍之一《论语》。而这本书保存了孔子一生最重要的学说和思想的言行录。最初,《论语》是由孔子的弟子们将其言行思想刻写在竹简上的。年代最古老的

《论语》竹简残片,是在公元前55年的墓葬中被发现的。在孔子去世之后的数百年间,早已涌现出了多个流传于世的《论语》版本。公元2世纪,经过融合为一而最终确定的《论语》版本被雕刻在了石碑上。《论语》石碑就立在汉朝时候的中央官学太学之中,供学者们研究学习。而这个统一版本的论语也成了汉朝的专用教科书。

作为记录孔子的言行思想的重要典籍,2000多年以来,《论语》一直

是中国大小课堂上一直被传诵的教材。

学而时习之不亦乐乎,有朋自远方来不亦乐乎,人不 知而不愠,不亦君子乎。有子曰:其为人也孝悌。

子曰:三人行必有我师焉,择其善者而从之,其不善 者而改之。

四海孔子书院陆云鹏老师:

《论语》作为儒家最重要的一部经典,当中记述的都是孔子和他弟子言行的汇集。在当初,孔夫子是怎么样教育他的 子弟的,乃至于他的弟子门人一些对话的记录。

即使到了现在,《论语》也仍然是研究孔子哲学思想的主 要依据。而其中所包含的道德准则,也早已成为中国传统文化 的基石。

子曰:学而时习之不亦乐乎,乐悦同,学之为言效 也,人性皆善而觉有先后。

四海孔子书院陆云鹏老师:

《论语》作为中国人的《圣经》,可以说是每一位中国人 都应该读诵的一部经典。这里面所讲的,可以说都是关于古 人讲的修身齐家治国平天下的这些道理。所以,学了这些呢 就像古人讲的,半部《论语》可以治天下。

THE LEGEND

SIMA QIAN: Confucius was born in the state of Lu in a village called Zhouyi. He was born with a lump on his forehead that looked like a hillock, so he was given the personal name Qiu Yun and the courtesy name Zhongni. His family name was Kong.

Confucius' father, a retired military officer, had already fathered nine daughters with his first wife and a clubfooted son with his concubine, but desperate for a healthy male heir, he courted the 17-year-old daughter of a local family.

KONG XIANGLIN, Descendant of Confucius

KONG XIANGLIN:

So his father, at the age of 60, proposed marriage to the Yan family. The father asked his three daughters which one wanted to marry him. The two elder daughters said nothing. After all, who wants to marry an old man? The youngest daughter said her father should decide. So the third daughter, whose name was Yan Zhengzai, was married to the father of Confucius.

Desperate to conceive, Confucius' parents went to a local sacred mountain, Mount Ni, in order to pray for a son.

ANNPING CHIN:

Sima Qian said the father and the mother of Confucius had a tryst in the wild. In Chinese this is yehe, and Confucian scholars are very uncomfortable with that idea. But I think what this means is this, that Confucius' father was about 60 when he had this relationship with Confucius' mother, who was in her teens and that's perhaps considered very inappropriate. But it's also about 'Hey, Confucius was just very human from the beginning. And he had lots of problems to sort out as he grew up'.

Sima Qian's biography became the subject of one of China's oldest picture-book stories, called the Traces of the Sage, an edition of which has been carefully preserved in the Confucius Archives in his home state of Shandong. Dating from the 15th century, it also included many other legends that had gathered around Confucius after his death, in particular the most famous version of his birth story.

Dr. TIAN CHENSHAN, Beijing Foreign Studies University

Confucius' mother dreamed about Qilin in the Traces of the Sage

DR. TIAN:

This version tells the story vividly; it brings the audience into the story.

This scene illustrates the visit to Confucius' mother of a mythical creature called a qilin. Made from different animals – the head of a dragon, the scales of a snake and the body of a deer – in Chinese mythology, the qilin traditionally heralded the arrival of a great event, but it also tells us something significant about Confucius' humanity.

The early life of Confucius in the Traces of the Sage

DR. TIAN:

In Chinese tradition people would think of a deer, mainly the body of a deer, reflect the animal's mild disposition, mild nature. And deer never harm other animals, even never step on insects. I think this is why qilin was so significant in this picture: to tell people the idea, why Confucius is a very distinguished figure, not very much, you know, one of the ordinary people.

Brought up in severe poverty after his father died when he was just three, the Traces of the Sage then tells the story of Confucius' early life. As a member of the shi (scholar) class, the young Confucius took on a series of jobs including managing the State's herds of oxen and sheep.

ANNPING CHIN:

'Shi', there are many ways of translating that character, 'shi,' um, I prefer this idea of the common gentleman. Um, a common gentleman is just one, one level above um, the commoner. And what makes him sort of distinct from a commoner is that a common gentleman is allowed to have an education.

As a result, after getting married, in his 20s Confucius decided to open a school from which his reputation as a philosopher would be born and which eventually (we are told) attracted over 3,000 students.

PROF. MICHAEL NYLAN, UC Berkeley

MICHAEL NYLAN: It's not schooling in our sense; it's not academic training. As with the early ancient Greek philosophers, it's schooling in a way of life by powerful people. So people with access to power, people with some leisure, people who wish to rule wisely and well.

Over time, Confucius' teachings would form the basis of one of China's most sacred texts: The Analects. A collection of Confucius' most important thoughts and sayings, they have followed the development of Chinese civilisation. Originally compiled by his disciples on fragile bamboo slips, the oldest fragments of the text

have been discovered in tombs dating from 300 BC, and they reveal the circulation of different versions of the book in the centuries after his death. In the 2nd century, one definitive version was then 'fixed' by being carved onto stone. Erected in the Imperial Academy for scholars to study and learn, this version became one of the foundational texts of the Chinese Empire.

And this same text has been taught in schoolrooms across China for over 2,000 years.

CONFUCIUS said: When I walk along with two others, they may serve me as my teachers. I will select their good qualities and follow them, their bad qualities and avoid them. (Analects 7.21)

CONFUCIUS said: Is it not delightful to have friends coming from distant quarters? Is he not a man of complete virtue who feels no discomposure though men may take no note of him? (Analects 1.1)

LU YUNPENG, Teacher in Sihai Confucius Academy

TEACHER LU YUNPENG:

The Analects is the most important book of the Confucian classics. It's a collection of the words and acts of Confucius and his disciples, and it records how Confucius enlightened his disciples and the conversations they had together.

The Analects is now the main source of Confucius' philosophy and contained within it is the moral code that has become the touchstone of Chinese traditional culture.

CONFUCIUS said: Learning is imitating. All men are born 'good'.

TEACHER LU YUNPENG:

The Analects is like the Chinese Bible. It's a classic that every Chinese person must read. Its principles are self- cultivation, the regulation of the family, the ordering of the nation and bringing harmony to the world. There is a saying, 'With half of its knowledge, you can rule the world'.

철학

철학

공자가 태어난 BC 551년은 천하가 혼란에 빠져 있고, 전쟁이 끊이지 않던 시대였다. 당시 중국은 여러 개의 크고 작은 제후국으로 분열되어 었었는데, 각 제후국의 맹주들은 피의 전쟁으로 그 영역을 확대하고자 했다.

캘리포니아대학 버클리 캠퍼스 미쉘 닐란 교수

"그 당시 공자가 본 것이라곤 전쟁의 시대, 한 나라가 다른 나라를 침략하거나 국가 통치자가 암살당하는 일, 아니면 나라가 멸망하는 것뿐이었다."

공자가 생존했던 시대에는 12개 제후국들이 치열한 영토전쟁을 벌이고 있었다. 황하유역의 광활한 평원을 중심으로 5개의 소국(小國)이

흩어져 있었고, 막강한 실력을 가진 대국(大國)들이 그 주변을 둘러싸고 있는 형세였다.

시드니대학 왕안궈 교수

"공자의 나라는 5개 소국 중 하나였는데, 제나라의 통치자가 노(魯)나라를 노리고 있었다."

공자는 눈 앞에 놓인 전쟁을 피할 수 있는 방법을 고심했다. 그는 역사를 거슬러 올라갔고, 특히 주(周)나라 초기의 치국 전략을 교훈으로 삼았다. 공자 탄생 600년 전에 존재했던 서주(西周)는 주나라의 통치자들이 황하유역에 세운 강성 왕조로서, '천하 공주(天下共主)'로 불리었다.

시드니대학 왕안궈 교수

"공자를 포함한 많은 이들이 주나라를 황금시대로 여겼다. 주나라의 통치자들은 선(善)으로서 인덕(仁德)을 베풀고 힘쓰며 백성을 사랑했다." 주나라는 공자가 살던 전란의 시대와 달랐다. 공자는 주나라가 평화롭고 안정적일 수 있었던 큰 원인이 백성들로부터 인정받는 규범제도가 사회 전체를 결집시켰기 때문이라고 생각했고, 이러한 규범제도를 '예(禮)'로 정의했다.

시드니대학 왕안궈 교수

"'예(禮)'는 본질적으로 '의식(儀式)'과 '예의(禮儀)'를 말하고, 넓게는 풍속과 사회관습을 가리킨다. 오랜 친구의 안부를 묻는 것, 스승과 부모에게 존경의 마음을 표현하는 것 등이 그것이다. 공자는 이러한 풍속과 사회관습이 매우 중요하며, '접착제'처럼 전 사회를 응집시킬 수 있다고 믿었다."

『공자께서 말씀하시기를, 법으로 인도하고 형벌로써 다스린다면 백성들은 처벌을 피해도 수치스러워하지 않는다. 그러나 덕으로 이끌고 예로 다스린다면 백성은 수치스러움과 부끄러움을 알아 올바른 품성을 갖게 될 것이다. (子曰: 道之以政, 齊之以刑, 民免而無恥; 道之以德, 齊之以禮, 有恥且格)』

주나라의 예악 문화를 더욱 깊이 연구하기 위해 공자는 33세가 되던 해(BC 518년) 노나라 군주 소공(昭公)의 도움을 받아 노나라를 떠나 유학 길에 올랐다. 노나라 소공은 공자에게 말 두 필과 수레, 두 명의 시자(侍者)를 내려 주었고, 긴 여정을 거쳐 공자는 주나라 낙읍(洛邑, 지금의 뤄양(洛陽)에 도착한다.

공자 75 대손 쿵샹린

"공자가 낙읍으로 갔던 것은 낙읍이 그 당시 주나라의 수도였기 때문이다. 국가 이익에 대한 규정이나 주요 문헌 모두 낙읍에 보관되어 있었다. 낙읍에 머무르는 동안 공자는 운 좋게도 노자를 만날 수 있었다. 노자는 당시 주하사(柱下史) 였었는데, 주하사는 오늘날의 국가기록 보존소 혹은 국가도서관 관장과 같은 일을 하던 관리였다. 노자와의 만남으로 공자는 더욱 쉽게 주나라의 문헌 및 예의에 대해 연구할 수 있었다.

공자는 예의 중에서도 제사의 예의, 특히 조상에 대한 제사를 지낼 때의 예의에 대해 관심을 가졌다. 제사는 주나라 사람들이 말하는 '경천법조(敬天法祖, 하늘을 우러르고 황실의 법통을 받드는 것)', '천인합일(天人合一)'의 핵심이었다.

캘리포니아대학 버클리 캠퍼스 미쉘 닐란 교수

"예의에도 많은 형식이 있겠지만 여기서 말하는 예의란 '혈제(血祭)', 즉 피나 술로서 선조와 신령을 기리는 제사를 말한다. 옛사람들은 조상이 세상을 떠난 뒤 천당에 올라 신선이 된다고 여겼다. 제사를 지낼 때면 술과 고기를 바칠 뿐 아니라 반드시 숭고한 경의(敬意)를 담아서 지내야 했고, 제사를 올리는 사람들은 조상이 제사의 현장에 함께 한다고 믿었다. 때문에 당시의 제사는 매우 경건하게 치러졌다. 육체는 현세에 있지만 정신은 승화되었던 것이다.

예일대학 진안핑 교수

"자신의 선조에게 제사를 지내는 감정과 천신(天神)에게 제를 올리는 느낌은 완전히 달랐다."

주(周)나라 제사장이 사용한 방정(方鼎)

지금으로부터 3000여 년 전에 사용된 것으로 추정되는 방정(사진)은 주나라 왕이 제사를 지낼 때 사용했던 예기(禮器)로, 현재 베이징 중국 국가박물관에 소장되어 있다. 거대한 크기의 제사용 방정과 이목을 사로잡는 편종(編鍾), 정교한 주기(酒器) 등은 중국 청동문명의 박대정심(博大精深, 사상·학식이 넓고 심오하다) 함을 보여주는 것들이다. 그런데 공자는 또 다른 사실에 주목한다. 바로 당시 무기 제조에 쓰였던 우수한 기술력을 평화와 안녕을 기도하는 예기 제작에도 쓰이게 했다는 점이다.

하와이대학교 로저 T.에임스(Roger T.Ames) 교수

"당시는 인류문화에 심미관, 인성과 같은 것들이 나타나기 시작하던 때였다. 고귀하고 평범하지 않으며 품격 있고 사람을 매료시키는 그런 것들을 추구하기 시작한 것이다. 혼란의 시대에 태어난 공자는 전쟁 속에 사라진 주나라의 예를 다시 세우고 싶어 했다."

공자는 제사의 목적이 '신종추원(愼終追遠, 부모의 장례를 극진히 모시고 조상에 대한 제사를 정성스레 올린다)' 과 '화(和)'의 경지에 도달하는데 있다면, 사회가 조화를 이루는 이상적 상태는 일상생활의 수많은 예의를 강화함으로써 실현 가능하다고 믿었다. 두 손을 모으고 문안을 드리거나 장유(長幼)간, 사제(師弟)간, 부부(夫婦)간의 존경하는 관계는 여전히 중국인의 생활에 남아 있다.

칭화(淸華)대학교 다니엘 벨(Daniel A. Bell) 교수

" '예'의 목적은 사람들로 하여금 '예'를 지키게 함으로써 귀속감을 갖고 '나와 관계가 있다'는 감정을 갖게 하는 데 있다. 가족이 식사를 할 때 반드시 가장이 먼저 젓가락을 들 때까지 기다려야 하는 것, 가족이나 스승과 술을 마실 때 자식이나 학생은 반드시 고개를 돌려 술잔을 넘겨야 하는 것 등의 다양한 예의는 바로 이러한 목적을 위해 생겨난 행위이다. 예의의 구분은 엄격했지만 그 최종 목적은 '예'를 지키는 사람으로 하여금 관심과 사랑을 받고 있음을 느끼게 하는 것으로, 다른 방식으로는 대체 불가능한 것이다."

예일대학교 진안핑 교수
"기존에 존재해온 것을 계승해야 함을 인식했다는 데서 공자의 지혜를 엿볼 수 있다. 사회와 가정의 일상적 실천에서 존재해온 예의와 규범들은 그냥 만들어진 것이 아니라 오랜 시간에 걸쳐 사람들에 의해

테스트된 것 들이다."

공자가 살았던 곳, 과거 노나라의 수도였던 취푸는 중국에서 중요한 역사적 가치를 가진 곳 중 한 곳이 되었다. 특히 '삼공(三孔)'이라 불리는 공묘(孔廟), 공부(孔府), 공림(孔林)이 가장 널리 알려져 있다. 삼공 중 가장 유명한 것으로는 공묘를 꼽는다. 공자의 제사를 모시는 사당으로, 중국에서 꾸궁(故宮, 자금성) 다음으로 규모가 큰 고대의 건축군이다. 공묘와 이웃해 있는 공부는 공자의 직계 장자와 장손이 사는 저택으로, 주인의 존귀함과 권세를 상징한다. 취푸의 외곽에 있는 공림은 공자와 그 후대의 가족묘지이다. 사마천의〈공자세가〉에는 공자는 취푸에서 생애 최대의 정치적 성취를 만끽한 것으로 기록되어 있다.

50세가 되던 해 탁월한 정치적 업적(政績)을 인정받아 노나라 사법부의 수장인 대사구(大司寇)가 되어 '예'로써 국가의 운명을 바꾸고자 했다.

공묘(孔廟)

공부(孔府)

공림(孔林)

공자 75 대손 쿵샹린

"대사구가 된 공자는 체계적인 예의규범을 제정했다. 사람의 신체적 취약함에 따라 업무를 배정하고, 나이의 많고 적음에 따라 식량을 분배했다. 또 시장의 분위기도 달라졌다. 소나 양 같은 가축을 파는 사람들은 무게에 따라 값을 받았기 때문에 꼭두새벽부터 일어나 물을 잔뜩 먹여 시장에 나왔었는데, 공자가 대사구가 된 뒤에는 이 같은 일이 없어졌다. 덕분에 매우 안정적으로 국정이 운영될 수 있었다."

예일대학교 진안핑 교수

"사마천은 공자가 형벌을 통한 교화보다 예의를 통한 민중 교화를 원했다는 점을 강조하고자 했다. 공자는 예의를 통해서만 수치심을 알고 자신의 잘못을 깨달으며 나아가 자신의 잘못된 점을 바로잡을 수 있다고 믿었다."

유가가 《논어》에서 서술한 '예'는 지난 수 십 년간 중국에서 대대적인 관심을 받으며 새로운 생명력을 얻었다. 취푸에서 차로 1시간가량 떨어진 곳에 위치한 베이둥예(北東野) 촌은 공자가 강조한 문명정신을 잘 간직한 곳으로, 마을 사람들의 생활 곳곳에 유가의 예학(禮學)이 뿌리내리고 있었다.

산둥(山東)성 베이둥예(北東野)촌 팡더하이(龐德海) 촌장

"양불교부모과(養不敎父母過), 자식을 낳아놓고 교육하지 않는 것은 부모의 잘못이고, 언필행행필과(言必行行必果), 말을 할 때는 신용을 지켜야 하고 행동에는 결과가 있어야 한다는 뜻이다."

베이둥예촌 마을위원회는 얼마전 유학 학당을 개설해 운영해 오고 있다. 매일 아침에는 마을 방송을 통해 《논어》를 쉽게 풀이한 '보급본' 격인 〈제자규(弟子規)〉를 공부한다.

산둥성 베이둥예촌 팡 더하이 촌장

"매일 아침 7시 반부터 마을 주민들에게 〈제자규〉를 들려준다. 마을 사람들의 사상적 깨달음을 고취시킴으로써 조화롭고 화목한 마을을 만들 수 있다고 믿는다."

『〈제자규〉에 이르길, 부모의 부르심에 즉각 대답하고, 부모의 시키심에 게으름 부리지 않아야 한다. 겨울에는 따뜻하신가를 확인하고 여름에는 시원하신지를 여쭈어야 한다. 아침에는 문안 인사를 올리고 밤에는 평안히 잠드시게 해야 한다. 외출하고 귀가할 때는 반드시 고해야 하고, 생활에 일정한 규율이 있어야 하며, 일을 함에 있어서는 끈기가 있어야 한다. 사소한 일이라도 함부로 결정하지 말아야 한다. 부모에게 고하지 않은 일로 실수가 생긴다면 부모의 근심을 사게 되니, 이는 자식 된 도리가 아니다. 하찮은 물건이라도 부모에게 숨김이 없어야 한다. 성인께서 가르치시기를, 첫째는 효제(孝悌)이고, 그다음은 신뢰이며, 그다음은 뭇사람을 사랑하는 것이다.(弟子規, 父母呼應勿緩, 父母命行勿懶, 冬則溫夏則淸, 晨則省昏則定, 出必告反必面, 居有常業無變, 事雖小勿擅為. 苟擅 為子道虧, 物雖小勿私藏. 聖人訓, 首孝悌, 次謹信, 泛愛眾)』

산둥성 베이둥예촌 팡더하이 촌장

"몇 년 간 공부를 하면서 우리 마을이 확실히 달라졌다. 부모에게 별 관심이 없던 사람들도 효라는 것을 알게 됐고, 사이가 좋지 않던 동서 지간 사이도 좋아졌다. 이웃끼리도 더욱 가까워졌다. 마을에 시어머니를 때리는 나쁜 며느리가 있었는데, 〈제자규〉를 공부하고 서원에서 수업을 들은 뒤 많이 달라졌다.

자신이 그동안 잘못했음을 스스로 깨달았다. 왜 잘못했다고 느꼈겠는가? 노인을 때리는 것 그 자체가 부끄러운 일이기 때문이다. 이밖에도 공부를 하면서 좋아진 경우가 아주 많다. 나도 마을 일을 하기가 매우 수월해졌다."

공자는 '예'를 통한 교화가 노나라를 번영과 강성의 길로 인도해 줄 것이라고 믿었다. 그러나 공자와 동시대를 살았던 정치가들은 음모와 책략으로 공자를 대할 뿐이었다. 공자의 정치 참여로 빠르게 노나라는 이웃나라인 제나라에 위협적인 존재가 됐다. 제나라는 곧 노나라를 무너뜨릴 계략을 짰고, 제나라의 음모는 공자의 운명을 완전히 바꾸어 놓았다.

〈성적도〉에 다음과 같은 이야기가 묘사되어 있다. BC 497년 제나라 왕이 무희 80명과 말 120필을 노나라에 보냈는데, 이것을 받은 뒤 노나라 왕정공(定公)이 여색에 빠져 조정을 돌보지 않아 노나라의 예의가 사라졌다는 내용이다.

〈성적도〉中 '여락문마(女樂文馬)'

"〈성적도〉의 '여락문마'에 나타난 무희와 말의 숫자는 문헌기록과 다르다. 다만 이 장면은 공자가 일생의 전환점을 맞는다는 점에서 매우 중요하다. 당시 공자는 노나라 정공에게 조정에 복귀해 국정을 살필 것을 몇 번이나 설득했지만, 그의 간언은 끝내 받아들여지지 않았다. 결국 공자는 노나라에 더 이상 희망이 없으므로 머무를 이유가 없다고 생각하고 자신의 이상을 실현할 수 있는 곳을 찾아 길을 떠난 다."크 게 낙심한 공자는 마침내 노나라를 떠나 주유 열국을 시작한다. 자신을 따르던 제자 중 충심이 가장 깊은 몇몇과 전쟁의 불길에 휩싸인 나라들을 돌며 공자는 자신의 정치사상을 알아주고 그것을 실현시켜 줄 군주가 나타나기를 고대했다.

베이징외국어대학교 톈천산 박사

"천하를 주유하는 동안 공자는 자신의 뜻을 펼치기 위해 노력하며 각 나라의 군주들을 설득했다. 어떻게 나라를 잘 다스릴 것인가 하는 것이 공자사상의 핵심이었다. 공자와 그의 제자들은 방랑길에 서로 위안이 되어주며 자신들의 생각을 완전한 사상체계로 만들어냈다."

이때는 공자의 전 생애 중 후대인들에 의해 가장 많이 회자되는 시기 중 하나다. 노나라를 떠난 뒤 14년 동안 공자 일행은 중원의 8개국을 주유했는데, 한 나라에서 머무는 기간은 몇 주에서 몇 년까지 그때그때마다 달랐다. 제후국들 간에 끊임없이 전쟁이 이어지면서 공자와 제자들은 마땅히 지낼 곳을 찾기 힘들었고, 인신의 안전을 장담할 수 없었다. 수시로 길을 잃는 것은 물론, 납치의 위험도 넘쳐났고 죽을 고

비를 넘긴 것도 한두 번이 아니었다. 그야말로 길고도 고된 시간이었다.

공자 75대손 쿵샹린

"열국을 주유하며 공자는 무수히 많은 위기의 순간을 극복해야 했다. 송(宋) 나라에 있을 때는 사마환(司馬桓)의 살해 위협을 받았고, 사람들에게 붙잡혀 발길이 묶인 적도 있었다. 진(陳) 나라 근처에서는 7일 동안 밥을 먹지 못해 일어나기조차 힘들 정도였다. 당시 공자와 제자들은 매우 힘든 시간을 보냈었다."

주유 열국의 험난한 여정에서 공자는 자신의 유학 이론을 더욱 완비한다. 이 시기에 후세에 지대한 영향을 미친 그의 사상이 탄생했는데, 바로 '군자(君子)' 라는 개념이다.

공자

"내가 주유 열국을 하며 가장 크게 깨달은 것은 군자는 의(義)에 밝고, 소인은 이(利)' 에 밝다는 것이다.(君子喩於義, 小人顔於利)"

칭화대학교 다니엘 벨 교수

" '군자'를 일반적으로 도덕적으로 고상한 사람 혹은 '신사'로 해석 하지만, 사실 '모범' '본보기'로 해석하는 것이 더욱 바람직하다.

남녀 구분 없이 누구나 '군자'가 되기 위해 노력해야 한다고 유가 이론은 가르친다. 군자가 되기로 뜻을 세운 사람은 마땅히 인애 지심(仁愛之心)을 가져야 하며, 가족을 사랑하는 것은 물론, 정의와 도덕을 추구해야 한다. 자신의 이익을 생각하기보다는 죽을 때까지 정의와 도덕을 추구해야 한다."

동시대의 통치자들이 무력을 통한 치국을 강조했던 것과는 달리 공자는 진정한 군자라면 덕(德)으로써 나라를 다스리고 백성의 이익을 자신의 이익처럼 중요하게 생각해야 한다고 믿었다.

쓰촨대학교 셰유톈(謝幼田) 교수

쓰촨대학교 셰유톈 (謝幼田) 교수

"정치학에 있어 가장 근본적인 문제가 바로 권력의 규제다. 황제는 권력을 가지고 있었기 때문에 유가에서는 이를 구속할 방안을 생각했다. 이것이 바로 훗날 유가의 정치철학이 말하는 애민(愛民), 이른바 애민여자(愛民如子, 백성을 자식처럼 사랑하다)다."

'군자' 라는 사상이 처음 등장한 것보다 중요한 것은 공자가 '군자' 라는 단어에 전혀 새로운 의미를 부여했다는 점이다. 이전까지 '군자' 는 혈통이 고귀한 사람을 가리켰지만, 공자 이후부터는 '품행이 고상한 사람' 을 말하게 됐다.

시드니대학교 왕안궈 교수

"('군자'의 정의를 달리 한 것은) 분명히 혁명적 의미를 갖는 것이다. 공자는 사람들이 권력 외의 것, 겉으로 드러나지 않는 것을 추구하도록 장려했다. 즉 우리가 말하는 내재적 아름다움, 미덕 등을 가르친 것이다. 이것은 공자가 주유 열국 하며 얻은 성과 중 하나였다."

공자의 제자들은 공자가 새롭게 정의 내린 '군자'의 훌륭한 본보기였다. 사회 각계각층 출신의 그들은 고귀한 신분은 아니었지만 '고귀한 인격' 으로서의 자질은 충분했다.

예일대학 진안핑 교수

"공자의 제자들은 사회 각계각층 출신의 인물들이었다. 자공은 상인이었고, 자로는 무사의 기질을 갖고 있었다. 공자가 가장 아꼈던 제자안회는 가난한 평민 출신이었다. 개인적으로는 중궁(仲弓, 천민 출신의 노나라 사람으로 덕망이 높아 공자가 임금을 시킬만하다고 칭찬한 제자)의 출신이 가장 흥미롭다. 중궁에 대한 공자의 묘사가 아주 재미있는데, '논밭을 가는 늙은 황소도 윤기 나는 털과 멋진 털을 가진 송아지를 낳을 수 있다'고 했다. 공자가 출신성분으로 사람을 판단하지 않았음을 엿볼 수 있는 부분이다.

칭화대학교 다니엘 벨 교수

"공자는 후대 양성에 많은 공을 들였다. 제자들이 우수하고 도덕적으로도 훌륭한 지도자가 될 수 있도록 힘썼으며, 이러한 사상은 오늘날의 엘리트 정치와 일맥상통하는 것이다. 정치 시스템이 완비된 뒤에는 능력이 뛰어나고 도덕적으로도 훌륭한 지도자를 선택하는 것을 목표로 해야 하는데, 이것이 곧 《논어》의 중심사상이자 유가의 전통적중심사상이다." 공자가 주창한 '예'와 '군자' 같은 유가의 전통사상은 미래 지도자에게도 적용될 수 있을 뿐 아니라 중국인 사회생활 중 가장 중요한 단위인 가정에도 적용된다. 매년 음력 설이 되면 전국 각지에 흩어져 있던 수 천만 명의 사람들이 고향으로 돌아가는 지구상 최대의 '인류 대이동'의 풍경이 연출되곤 한다.

설(春節)을 맞은 중국 광저우(廣州)의 모습

매년 춘제(春節, 음력설) 때마다 온 가족이 모이는 문화는 공자 유가 사상에서 가장 중요한 '효(孝)' 사상을 보여 주는 것으로, 일반적으로는 '효도'라고 해석한다. 한자의 '효도 효' 자는 윗부분의 '노인로(老)' 자와 아랫부분의 '아들 자(子)' 자로 구성된다. '노'는 노인, '자'는 젊은이를 의미하는 것인데, 아랫사람은 무릇 윗사람을 존경해야 한다는 뜻을 담고 있다. '효'는 유가 사상에서 매우 중요한 위치를 차지하고 있으며, 〈효경(孝經)〉만 따로 엮은 것도 바로 이 같은 배경에 기인하고 있다. 『몸과 터럭과 살갗은 부모에게서 받은 것이니, 이것을 감히 손상시키지 않는 것이 효의 시작이다. (身體髮膚, 受之父母, 不敢毀傷, 孝之始也)』

건설현장 근로자 장엔양 (張艶陽)

"공자께서 말씀하시길, 효자가 어버이를 섬길진대, 기거(생활)하심에는 존중하고 공경하도록 애쓰고, 봉양(받들어 모심)에는 기쁘고 즐거우시도록 애쓰며, 병드신 때에는 근심을 다하고, 돌아가셨을 때에는 슬퍼하여 애도를 다하며, 제사를 지낼 때에는 엄숙하게 해야 한다. 이 모든 것을 다 한 뒤에야 어버이를 섬겼다 할 수 있다.(子曰: 孝子之事親也, 居則致其敬, 養則致其樂, 病則到其憂, 喪則致其哀, 祭則致其嚴, 五者備也 然後能事親.)"

오늘날 중국은 경제면에서 비약적인 발전을 이루었으나, 이 과정에서 고향을 떠나 가족과 멀리 떨어져 일해야 하는 근로자들이 대거 등장했다. 타지에서 일하는 근로자들에게 있어 춘제는 일 년에 한 번 온 가족과 모일 수 있는 때이자 기회이다.

건설현장 근로자 장옌 양

"후난(湖南)성 헝양(衡陽)의 고향에 돌아가는 길이다. 줄곧 다른 지역에서 일하느라 오랫동안 고향 집에 가지 못했다. 어머니께서 연로하셔서 건강이 안 좋으신데도 손주를 돌봐주고 계신다. 요즘 어머니께서 연세가 드셔서 그런지 외로운 걸 싫어하시는 것 같다. 그래서 이번에는 어머니와 시간을 많이 보내려고 한다."

건설현장 근로자 장옌양

"그래도 나보단 낫다. 나는 13년 동안 한 번도 춘제를 집에서 보낸

적이 없다." "13년 동안이나? 정말 긴 세월인데, 너무 빨리 지나갔다. 너무 빠르다. 타지에서 13년이나 일한 것이다. 살기가 바빠서 아버지를 1년에 한 번도 못 보니 더 힘든 것 같다. 부모님이 너무 보고 싶고, 부모님께서도 나를 그리워하신다."

사마천의 《사기》 중 〈공자세가〉의 기록에 따르면, 공자가 어린 시절부터 효의 도리를 알았음을 확인할 수 있다. 비슷한 또래의 아이들이 장난감을 좋아했던 것과 달리 공자는 제사 지내는 연습을 하는 것을 좋아했다. 성장하면서 공자는 점차 가정에 필요한 가치관을 체득했는데, 바로 부모님에 대한 사랑과 존경을 사회 전체로 확산시키고, 이를 통해 사회 전체의 가치를 끌어올리는 것이었다.

예일대학교 진안핑 교수

"젊은이가 연장자를 존중하고, 마을의 어르신께서 먼저 음식을 드실 때까지 기다리는 것은 매우 당연한 일이다. 바로 이 같은 행동에 도덕의 기초를 제공했다는 데서 공자의 천재성을 엿볼 수 있다.

도덕적 기초란 무엇인가? 바로 '이정(移情, 남의 심정을 자신과 공감하게 하는 능력)'이다. 공자는 이정 능력이 사람과 동물을 구분하는 요소라고 여겼다.

사람은 무릇 태어나면서부터 이정의 능력을 갖추고 있는데 왜 이것을 발전시키지 않느냐고 물었다. 이정을 가정과 사회와 국가발전에 기여할 수 있도록 해야 한다고 공자는 주장했다."

중국인들에게 있어 춘제는 고향으로 돌아가 가족과 함께 할 수 있음을 의미한다. 온 가족에게 있어 가장 화목하고 가장 즐거운 때가 바로 춘제다. 제야에 먹는 '녠예판(年夜飯)'을 먹기 전 조상에게 제를 올리는 것은 중국인들의 전통 풍습이다.

중국인의 관념에서 이러한 제사는 종교적 신앙과 유사한 것인데, 신명(神明)에 대한 신앙이 아닌 조상에 대한 신앙, 가족에 대한 신앙으로 오랜 시간 이어져 왔다.

건설현장 근로자 장옌 양

"건강하고 공부 잘하게 해달라고 조상님께 빌자."

공자는 신앙, 즉 가정에서 제사를 지낼 때의 의식을 통해 군자, 도덕적인 사람이 되는 법을 배울 수 있다고 생각했다.

건설현장 근로자 장옌 양

"사실 나는 효도를 하고 싶지만, 생각해 보면 어머니를 혼자 지내게 하고 있으니 불효하고 있는 것이다. 시대가 변하고 젊은이들의 부담이 커지면서 나 같은 사람들이 많아졌다.

만약에 어머니께서 건강하셨다면 무조건 어머니를 모시고 갔을 거고, 혼자 집에 게시게 하지 않았을 것이다. 지금 나의 가장 큰 바람은 오래된 고향집을 처분하고 어머니를 아파트 같은 신식 집에 살게 해드리는 것이다. 어머니께서 편하게 사셨으면 좋겠다. 모든 자식들이 나 같은 마음일 것이다."

哲学

孔子诞生于公元前 551 年,那是一个天下大乱、战火四起 的时代。当时中国已经分为数个大小不一的诸侯国,那些春秋 霸主们都试图以血腥的战争来扩大自己的疆域。

加州大学伯克利分校戴梅可教授:

孔子在其生活的年代,目睹的都是接连不断的战争,或是一 国侵略另一国,或是国家统治者被行刺,或是国家迅速被消灭。

在孔子生活的时代,大约并存着 12 个经常互相征战的诸 侯国。在黄河流域广袤平原的中心,散落着 5 个古老的小国, 周围环绕着的则是一群实力很强的大国。

悉尼大学王安国教授:

孔子所在的国家即是其中一个小国,当时齐国统治者想要吞并鲁国。

孔子急切地想要寻找到能够解决迫在眉睫的战争局势的方法。他追溯历史,尤其想借鉴周朝初期的治国方略。那时的西周被称为"天下共主",是距离孔子出生600年以前,周朝统治者在黄河流域建立的一个强盛王朝。

悉尼大学王安国教授:

包括孔子在内的许多人认为,周朝是一个黄金时期,那时统治者善施仁德,勤政爱民。

周朝与孔子所处的战乱时代不同。他认为周朝之所以和平稳定,很大程度上,是由于被国人尊奉的规范制度将周朝社会凝聚了起来,孔子将这种规范制度称为"礼"。

悉尼大学王安国教授:

礼从根本上说就是仪式礼仪,从更广泛的意义上,也指风俗和社会惯例。比如,如何问候老朋友,如何向师长和父母表达敬意等。孔子指出了这些风俗和社会惯例非常重要,像胶水一样凝聚整个社会。

孔子:道之以政齐之以刑,民免而无耻,道之以德齐之以礼,有耻且格。

为了更广泛地考察和学习周朝的礼乐文化,公元前 518 年,也就是孔子 33 岁的时候,他获得了君王鲁昭公的资助,离开鲁国开始了游学之路。鲁昭公派了一驾有着两匹马的车辆 和两个僮仆协助孔子,经过长途跋涉,他们到达了当时周朝的 东都洛邑(现在的洛阳)。

孔子 75 代后裔孔祥林:

为什么要到洛阳去呢?因为洛阳是当时的周朝的首都, 因为国家的利益的那些规定,还有那些文献主要都在那儿保 存着。孔子在洛阳时候,他还非常有幸见到了老子,因为老 子是当时的柱下史,就相当于现在的国家档案馆和国家图书 馆的馆长,孔子也就能够更好地熟悉周代的这些文献,还有 它的礼仪的规定。

孔子要学习的首要礼仪便是祭祀时的礼仪,尤其是祭祀 先人的礼仪,祭祀活动是周人"敬天法祖"、宣扬天人合一的 关键。

加州大学伯克利分校戴梅可教授:

当我们谈到许多礼仪的时候,我们是指血祭,以血或者 酒作为祭品,祭祀我们天上的祖先与神灵。我们的祖先在去 世之后升入天堂变成神仙。但是祭祀时并不仅仅献祭酒肉,每次祭祀必须带着崇高的敬意。每次祭祀,祭祀者怀念着并 想象着祖先的样子,仿佛祖先又再次回到人世。这种祭祀确 实非常虔诚,你的肉体尚存在于世间,但是精神得到升华。

耶鲁大学金安平教授:
一个人祭祀自己祖先的感觉和祭祀天上神灵的感觉截然 不同。

周王祭司使用的方鼎

这一尊距今已 3000 多年的方鼎,是专供周王祭祀时使用 的礼器,现藏于北京的中国国家博物馆。这些珍贵的文物,包 括形制庞大的祭祀方鼎、令人瞠目的青铜编钟以及精巧的酒 器,均证明了中国青铜文明的博大精深。但对于孔子来说,它 们还传达了一个清晰的信息,这些在那个时代被用来打造兵器 的精良技术,同样可以用来制作祈求和平与安宁的礼器。

夏威夷大学安乐哲教授:

在那个时期,人类文化开始出现审美,提升人性、摒弃 兽性,开始追求高贵、复杂、文雅和迷人的事物。孔子身处 一个混乱的年代,试图重建周礼。因为周礼随着空前爆发的 战争而逐渐衰微。

如果说祭祀祖先的目的在于"慎终追远",达到"和"的 境界,那么,依孔子所言,社会和谐的理想状态,就能够通过 施行并强化数百种日常生活的礼仪得以实现。这些小的礼节, 从拱手问候到长幼、师生、夫妻之间的尊重关系,依然存在于 中国人的生活中。

清华大学贝淡宁教授

清华大学贝淡宁教授：

礼的目的在于，让人通过守礼产生集体归属感与被关怀感，而由此产生的许多礼仪，包括集体聚餐和家庭聚餐时必须长者先动筷子，包括与家人和师长饮酒时，晚辈和学生必须像这样避开长辈喝酒。虽然这些礼仪等级森严，但这些礼仪的最终目的在于使守礼者感受到关爱，这是其他方式所无法替代的。

耶鲁大学金安平教授：

孔子的智慧在于他意识到，他所做的是传递一些业已存在的事物，存在于家庭和社会的日常实践中，这些礼仪和规范并不是随意的，已经被人们用时间检验过了。

　　如今孔子生活过的地方，曾经的鲁国都城曲阜已经成为中国最具历史价值的地方之一。其中著名的景点就是三孔:孔庙、孔府、孔林。最负盛名的首推孔庙，这座祭祀孔子的庙宇，在中国是建筑规模仅次于故宫的古文化建筑群。与孔庙相邻的孔府，象征着主人的尊贵家世，是孔子的嫡子嫡孙们居住的地方。曲阜的边界，便是孔林，是孔子及其后裔的家族墓地。依据司马迁所著的《孔子世家》中的记载，孔子在曲阜达到了其政治成就的最高峰。孔子 50 岁时，因为政绩卓著而晋升为鲁国大司寇、摄相事主管司法，于是他试图通过推行"礼"来改变国家的命运。

孔庙

孔府

孔林

孔子做了这个行政长官以后,他就制定了一整套的礼仪 规范。他根据人的身体的强弱来分配工作、根据人的年龄大 小来分配食物。而且在市场上,这个卖牛羊的,他再也不敢 一早把牛羊灌得饱饱的去卖了,他们要按重量称,早晨起来 多喝点水就能多卖钱,他坑人。到了孔子以后,就没有这些 了,所以鲁国治理得非常好。

耶鲁大学金安平教授:

我认为司马迁想强调孔子不愿通过刑罚管教人们,而是 通过礼仪来教化民众。只有通过礼仪,人们才有羞耻之心, 认识到自己的错误,从而想要改正自己的错误。

在过去的几十年中,儒家在《论语》中阐释的礼,在中国重新焕发出生命力。北东野村距离曲阜仅有一小时的车程,在 这里,我们能够看到孔子所倡导的文明精神,儒家礼学已经融 入了村民们的日常生活之中。

山东省北东野村村长庞德海

山东省北东野村村长庞德海:

养不教父母过,它的意思就是当父母的生养孩子,你不 教育就是父母的过错;言必行行必果,说话要守信用,行动 要有结果。

在过去的两年中,村委会为村民开办了儒学课堂。从每天 早上广播《弟子规》开始,而《弟子规》可以说就是《论语》 的简化普及版。

山东省北东野村村长庞德海:

俺村里呢,我每天早晨都从 7 点半的时候,给村民放 《弟子规》。每天早晨放一次,咱通过放《弟子规》来提高村

民的思想觉悟,来建设咱的和谐村庄。

弟子规,父母呼应勿缓,父母命行勿懒,冬则温夏则 清,晨则省昏则定,出必告反必面,居有常业无变,事虽 小勿擅为,苟擅为子道亏,物虽小勿私藏。

弟子规,圣人训,首孝悌,次谨信,泛爱众。

山东省北东野村村长庞德海:

通过这些年的学习,咱村确实发生了不少变化。原来不 太孝顺老人的,变得孝顺了;妯娌之间不团结的,变得团结 了;邻里之间也更加和谐了。俺村里有一个媳妇比较恶,曾 经打过她婆婆,学习《弟子规》,她到

书院参加学习了三次，她确实是发生了不少变化。她也感觉到自己做得不对了,为什么感觉不对?打老人本身属于不光彩的事了。通过学习,我发现像俺村这个例子还很多很多的,这是其中的一个。我这个村领导也好干了。

对孔子来说,"礼"的教化似乎可以带领鲁国走向繁荣和强盛。然而,与他同时代的政治家们,开始采用阴谋策略来对付他。鲁国在孔子的治理下正迅速地崛起,这让与之相邻的齐国感觉到威胁并开始设计破坏鲁国的振兴计划。这一阴谋举措,从此彻底改变了孔子的未来命运。

《圣迹图》中的故事是这样讲述的:公元前 497 年,齐国送了 80 名舞姬及 120 匹宝马给鲁国,国君鲁定公接受了女乐文马,于是,开始迷恋声色不理朝政,鲁国的礼仪也随之荒废。

《圣迹图》女乐文马

北京外国语大学田辰山博士:

女乐文马,这个马的数量跟这个女士的数量都不是记载 的那个数量。这幅画非常重要,很关键,是孔子一生的转折 点。他有几次试图劝谏鲁定公,你应该回归朝野治理你的国 家,但最终还是没能奏效。这个国家对他来说,已经没有希 望不值得留恋。于是,他离开去往别处,另外找寻能够实现 理想的地方。

失望之极的孔子终于离开鲁国,开始了一场逐梦之旅。他 与追随着他的几位最衷心的弟子周游在正经受着战火洗礼的国 家中,期盼着会有一位明君能够接纳并推行他的政治理想。

北京外国语大学田辰山博士:

在周游列国的过程中,孔子试图践行他的主张,劝说一 些国君接受他的思想。他的理念主要就是如何将社会管理 好,师生一同通力合作,他们一起赶路、相互帮扶,把他们 的想法凝结成完整的思想体系。

这是孔子一生中最为后人津津乐道的时期之一。在此后的 14 年里,孔子一行游走于中原地区的 8 个国家之中。在每个 国家所停留的时间从几周到几年不等。这是一段极其漫长而艰 险的旅程,由于诸侯国之间持续不断的战火,孔子和他的弟子 们常常居无定所,而人身安全更是无从保障,常常遭遇绑架迷 路的危险,多次濒临死亡。

孔子 75 代后裔孔祥林:

他在这个路上遭到很多灾难。在宋国的时候,司马桓魋 曾经要杀他们;在这个匡,让人家围起来以后不让他走;在 陈蔡那个地方,七天七夜都吃不上饭,把弟子们饿得都爬不 起来了。他在周游列国的时候很艰难困苦。

他们所经历的这些艰难困境,也促使孔子将自己的儒学理 论进一步凝练。这段时期,孔子提出了他对后世影响最为深远 的思想之一 ——君子。

(模拟拍摄)孔子:

这次我们周游列国,我最深的体会是:君子喻于义、小 人喻于利。

清华大学贝淡宁教授:

"君子"通常翻译为道德高尚之人或绅士,但更好的译法 是将其译为"楷模"。因为根据儒家理论,不论男女都应该努 力成为一名"君子",而立志成为君子者,则应有仁爱之心, 不仅关怀家人还追求正义与道德,不把自己的个人利益放在 首位,这种追求将持续其终生永无止境。

相对于那些同时代的以武力安邦的统治者,孔子坚信一个真 正的君子要以德治国,要把百姓的利益看得和自己的一样重要。

四川大学谢幼田教授

四川大学谢幼田教授：

在政治学里,始终一个最根本的问题就是约束权力的问 题。皇帝有权力,所以儒家设计了一整套东西来约束皇帝,也就是后来儒家的政治哲学——爱民,所谓的爱民如子。

不仅如此,更为重要的是孔子还给"君子"一词赋予了全 新的内涵。在孔子之前,"君子"指"血统高贵的人",而从孔 子开始,"君子"则被解释为"品德高尚之人"。

悉尼大学王安国教授：

这确实有着革命性的意义。他鼓励人们去追求权力之外 的东西,表面之下的东西,也就是我们所说的内在美、美德 等品质,这是他在周游期间所取得的成就之一。

孔子的弟子们就是孔子对"君子"一词重新定义之后的最好例证,他们来自社会的各个阶层,没有一个出身高贵,但是却都具有成为"具有高贵人格的人"的潜质。

耶鲁大学金安平教授:

孔子的弟子来自社会的各个阶层,子贡过去是一个商人; 子路有着武士的气质;他最喜欢的徒弟颜回来自平民阶层,家境非常贫寒;而仲弓的出身,在我看来其实是十分可疑的。我非常喜欢孔子对于仲弓的描述,他说一头耕地的老黄牛也可能会生出一头皮毛光滑、牛角漂亮的小牛。我想这都表明孔子并不以一个人的出身来评判这个人。

清华大学贝淡宁教授:

在当时,孔子非常在意对下一代的培养,力求使他们可以成为优秀的并且道德高尚的领导者,这种思想我们也可以称其为精英政治。整个政治系统的建立,应该以选择能力突出又道德高尚的领导者为目标,这是《论语》的中心思想,也是儒家传统的中心思想。

孔子的关于"礼"和"君子"的这些传统儒家思想,不仅适用于未来的领导者,也适用于中国人社会生活中最为重要的单位——家庭。每逢中国农历新年,成千上万人都会从全国各地回到自己的家乡,这堪称地球上最为壮观的人类迁徙活动。

2015年农历腊月二十九的广州火车站

一年一度的春节大团聚,体现着孔子的儒家思想里最重要的内容,他管这种思想叫作"孝",通常解释为"孝道"。"孝"字上面的偏旁代表"老",下面的"子"代表年轻人。"孝"字从老从子,形象地揭示了年轻人应该尊重自己的长辈。"孝"在儒家思想中有着极为重要的地位,甚至还以此衍生出了《孝经》。

身体发肤受之父母,不敢毁伤,孝之始也。

建筑工人张艳阳:

子曰:孝子之事亲也,居则致其敬(乐),养则致其乐,病则致其忧,丧则致其哀,祭则致其严,五者备也然后能事亲。

当下时代中国经济的腾飞式发展,也导致了许多外地务工 人员常年与家人分居千里之外。对于很多打工者来说,春节或 许是一年里仅有的一次归家团聚的机会。

建筑工人张艳阳:

我现在回湖南衡阳老家,很久我也好几年没有回家了, 都在外面。我老妈身体不好,我小孩一直都带在身边。我母 亲这个思想,好像有点像小孩子那一种,怕孤单,所以给点时间陪她。13 年不容易啊! 13 年不容易,13 年好漫长的。 挺快的,对我来说非常快,我工作都13 年了。我觉得很煎熬,我就算一年不回家看一次我老爸,我都

觉得很煎熬,因为我太想他,因为他也在想我。

依据司马迁在《史记·孔子世家》中的记载,可以了解, 在孔子还很小的时候,他就懂得了孝的道理。孔子不玩其他小 孩子所喜欢的那些玩具,而是把演习各种祭祀仪式作为童年的 娱乐方式。随着孔子逐渐长大,他也慢慢体会到了关于家庭的 一种价值观,那就是一个人对自己长辈的爱与尊敬可以延伸到 整个社会,并由此提升整个社会的价值取向。

耶鲁大学金安平教授:

这应该是理所当然的事,年轻的人理应尊重年长的人, 在村庄里年长的人应该优先享用食物。我认为孔子的天才之 处在于,他为这些行动找

到了一个道德基础。这个道德基础 是什么呢?就是移情。他认为移情能力是区别人类和动物的 要素,既然我们生而具有移情的能力,为什么不发展它呢? 为什么不让它服务于家庭、服务于社会、服务于国家呢?

对于所有中国人而言,春节就意味着能够回到家乡与家人团聚。对于一个大家庭来说,是最为和美、最为欢乐的时候。 在年夜饭之前,祭祖是中国人的传统习俗。在中国人的观念 里,这种类似于宗教的信仰并不是信仰神明,而是信仰祖先、 信仰家族的历史传承。

建筑工人张艳阳:

来,拜一下祖宗,保佑你们身体健康、年年会读书。

孔子认为这就是人的信仰所在,在家庭祭拜时通过这种仪 式,人们学会成为一个君子、一个有道德的人。

建筑工人张艳阳:

我其实是一个孝顺儿子,我想,我妈妈一个人在家其实 就是不孝。年代不同,年轻人压力大,所以造成我这样的现 象是很多的,确实很多。老年人像我妈妈我可以这样说,如 果是我老妈她不是得那个病,我百分之百把她带出去了,我 也不会让她一个人待在家里。最大的心愿我要把这个古老的 房子解决掉,让我老妈住上洋房,现代式的洋房,让她享一 享现代式的清福,这是普天之下做儿女的一份心。

THE PHILOSOPHY

Born around 551 BC, Confucius lived in an age of political chaos and war. At this time China was divided into numerous states, each locked in a desperate and bloody battle for the domination of the country.

MICHAEL NYLAN:

Confucius was born in an era when all he saw around him was continual warfare. One state fought against another state or assassinated rulers and extinguishing kingdoms as fast as they could.

At the time of Confucius, there were about 14 states fighting for their existence. A central core of around eight smaller states was surrounded by a group of much larger and more powerful neighbours.

JEFFREY RIEGEL:

Confucius' state was one of the small states; it was the state of Lu, and it bordered the great state of Qi. And there was no question that the rulers of Qi were intent on swallowing up Lu.

Desperate to find a solution to the violence of his age, Confucius looked back to the past: in particular to the era of the early Zhou kings, who had ruled large parts of China 600 years before.

JEFFREY RIEGEL:

Many people, including Confucius, looked back to the Zhou as a golden age, as a time when rulers governed their people with virtue, kindness and compassion.

Unlike the political disorder of his own times, Confucius believed this was a period of peace and stability, thanks in large part to the ancient rites, customs and etiquette that bound Zhou society together... a concept he called 'li'.

JEFFREY RIEGEL:

'Li', reduced to basics, is ceremony, ritual. It also refers to what we think of more generally as customs, social practises. What I say when I greet an old friend. What I say when I express reverence for a teacher or parent. Confucius pointed out how very important those customs and practises were as the glue of society, of keeping us together.

CONFUCIUS said: If the people are led by penal laws, they will try to avoid the punishment, but have no sense of shame. If they be led by virtue and the rules of propriety, they will have a sense of shame and will become good. (Analects, 2.3)

In order to learn about the ancient rites and customs first-hand, in 518 BC, when Confucius was around 33, he was granted permission to leave the state. Given a carriage and two horses, he travelled a great distance to the ancient capital of the Zhou kings in modern-day Luoyang.

KONG XIANGLIN:

Why Luoyang? Because Luoyang was the capital of the Zhou Dynasty. And all documents of ancient rules and etiquette were kept there. Confucius was very lucky because he had met Laozi in Luoyang, whose title was equivalent to today's curator of National Archives and National Library. Therefore, he was able to better understand these classic documents of the Zhou Dynasty and the etiquette and rituals.

The Square Tripot used in ancient sacrifices of the Zhou kings

The rituals that Confucius went to study were first and foremost the sacred rites, in particular the ancestral rites that were essential in keeping the human world in harmony with the cosmos.

MICHAEL NYLAN:

When we talk about many of the rites, what we're talking about are blood sacrifices, offerings of blood and wine, and they're offered to the ancestors and the gods in heaven. The ancestors lived in heaven and became gods in the afterlife. But one doesn't just set out meat and wine. In each case when offering them one has to bring to it a particular attitude of reverence. The reimagining of the ancestors in a sense brings them back to life with each and every offering. There's really a kind of religiosity in it. You're still grounded in the human world, but there's an elevation.

ANNPING CHIN:

One has to very clearly distinguish that kind of religious experience from a religious experience that involves a creator with a force that's outside of the human world.

PROF. ROGER AMES, University of Hawaii

The vessels used in these ancient sacrifices of the Zhou kings are now held in the National Museum of China in Beijing. From enormous sacrificial bowls and stunning sets of bronze bells to intricately cast drinking vessels, these artefacts are testament to the sophistication of Chinese Bronze Age culture. But for Confucius, they also held a clear message, for the same skills that were used to create weapons of war in his own age could once again be used to create objects of harmony and peace.

ROGER AMES:

What happened in this period was the beginning of the aestheticisation of human culture, lifting the human being out of our animality, and making us into something that is elegant and enchanted. Confucius, at the beginning of a very troubled period, tried to re-establish this, the 'li' that had faltered as China had become increasingly involved in war.

PROF. DANIEL BELL, Tsinghua University

If the ancestral rites aimed for 'cosmic harmony', then Confucius believed social harmony could be achieved by the reinforcement of the hundreds of smaller rituals that still govern Chinese life – from handshakes and greetings to the relationships between young and old, teacher and student or husband and wife.

DANIEL BELL:

The aim of 'li' is to generate a sense of community and caring within the participants of that ritual. So you have rituals like group eating. If you're sitting among family, the elder person usually eats first, and when you have drinking rituals including the family and the teacher, the student is supposed to drink like this without facing the teacher. They're hierarchical rituals, but again the ultimate purpose of these rituals is to develop a sense of caring among the participants that would not otherwise be the case.

ANNPING CHIN:

Confucius' genius lies in that realisation that what he was doing was transmitting something that was already in everyday practice within a family, within a community, so these ritual practices were not arbitrary but had been tested through time by others.

Today, the ancient town where Confucius grew up is called Qufu. Now one of China's most historic cities, it is home to what we call the 'three Confucian sites'. The first is the Temple of Conf the largest cultural complex in China after the Forbidden City in Beijing. Next door is the Kong Family Mansion, where his later descendants were honoured and lived in splendour. And on the edge of town is the Cemetery of Confucius, where Confucius himself is buried surrounded by generations of his family. In Sima Qian's biography, Qufu was also the setting for Confucius' greatest political success. By the age of 50, Confucius had entered local government and had been promoted to the

role of sikou, the Minister of Justice, where implementing his ideas of 'li',
he transformed the fortunes of his state.

The Temple of Confucius

The Kong Family Mansion

The Cemetery of Confucius

KONG XIANGLIN:

After he got to this post, he established a set of rules and guidelines for the etiquette and formalities of the state. He assigned work to people according to how strong and weak they were and according to their age. In the marketplace, cattle sellers no longer overfed their cows and sheep and made them drink water in the morning in order to make them weigh more and cheat people out of money. Under Confucius, there was no such thing; he really governed the State of Lu very well.

ANNPING CHIN:

I think Sima Qian really wanted to emphasise that Confucius did not educate by way of penal laws, but he preferred to educate by way of ritual practice. It was through ritual practice that people were able to have a sense of self- reform, that they realised their own wrongdoings and really wanted to correct these wrongdoings.

Over the past few decades, Confucian concepts of li in the Analects have seen a huge revival across China. As part of this revival, at Beidongye Village, just an hour's drive from Qufu, the morality of the Analects has been woven into daily village life.

PANG DEHAI, director of Beidongye Village

PANG DEHAI:

'Yang bu jiao, fu zhi guo.' It means to be reared without teaching is the parents' fault. 'Yan bi xin, xing bi guo'; it means that you should be true in word and resolute in deed.

For the past two years, the village committee has introduced Confucian lectures to the village, which begin with a daily broadcast of the Standards for Being a Good Student and Child.

PANG DEHAI:

Every morning, at 7:30, I start to play Standards for Being a Good Student and Child to the whole village. Once a day. We play it hoping to elevate the moral awareness of the masses and to build a harmonious village.

Female musicians and dancers and colorful Horses

in the Traces of the Sage

The standards for being a good student and child are taught by ancient sages. First, treat your parents with filial respect and practise loving brotherhood. Second, learn to be discreet and trustworthy.

PANG DEHAI:

After the Education Programme, there have indeed been some changes. Those who were not filial to elderly are filial now. Arguments among sisters-in-laws are less frequent. Relationships among neighbours are more harmonious. There is a wicked daughter-in-law in our village who hit her mother-in-law. After learning Standards for Being a Good Student and Child and attending the lectures three times, she has changed enormously. She realised what she did was wrong and hitting the elderly was disgraceful. There are a lot of examples in my village. This is just one of them. As the headman in the village, my work is easier.

In Confucius' own lifetime, the reintegration of the ancient rites and customs had transformed the prosperity of his state, but the politics of his age soon conspired against him. The Traces of the Sage tells the story that, threatened at the rise of Confucius' state under his guidance, the state of Qi hatched a plan that would have profound consequences on his life.

In 497 BC, the State of Qi sent 120 of its finest horses and 80 of its most beautiful dancers to Duke Ding of Lu, and the Duke was so entranced, he neglected court rituals and the sacred rites and the li of the state collapsed in just three days.

DR. TIAN:

This is Handsome Horses and Beautiful Women. The numbers of both the horses and female musicians are not the recorded number in history. This picture is very significant, very key, the turning point of his life. He tried a few times to persuade Duke Ding of Lu to come back to take care of the state affairs. Because he failed in persuading the Duke, there's no hope for him to stay on. So he had to find some other way, go somewhere to realise his will.

Despondent, Confucius decided to leave. Joined by a group of his most loyal disciples, he travelled across China's war-torn states in an attempt to persuade other rulers to take on his ideas.

DR. TIAN:

On this trip, one thing he tried was to practise his ideas, to try to persuade all the kings to accept his philosophy, the way his idea about how to govern a good society. They work together, they travel together, they help each other, they contribute their own ideas into a pool of rich philosophy.

This is one of the most famous periods in Confucius' life. During the next 14 years, Confucius travelled back and forth between around eight of the smaller states in China's Central Plains, spending years in some and just weeks in others. It was a long, arduous journey. Caught in the crossfire of states at war and without shelter or security, they had been kidnapped, lost their way, and, on many occasions, even came close to death.

KONG XIANGLIN:

He encountered many hardships along the way. In the State of Song, Sima Huantui wanted to kill him; the State of Chen had people surround him in the city of Kuang and wouldn't let him out. Stranded between the state of Chen and Cai, they ran out of food for seven days and seven nights. His disciples didn't even have energy to move.

The challenges they faced forced Confucius to refine and debate his philosophy and it was during this time that he developed one of his most profound ideas: the concept of the junzi (the morally noble or superior man).

CONFUCIUS: The mind of the superior man, the junzi, is conversant with righteousness; the mind of the inferior man, the xiaoren, is conversant with gain. (Analects, 4.16).

DANIEL BELL:

A junzi– normally it's translated as noble man, or gentleman, but a better translation is 'exemplary person' because whether it's a man or woman we should all strive to be junzi according to the Confucian tradition. Somebody who strives to be a junzi should try to extend the love and care beyond the family, should care about justice and morality, not about their own self-interests first and foremost. And it's a lifelong struggle, one that never ends.

PROF. XIE YOUTIAN, Sichuan University

Unlike the rulers of his own age, who ruled by the sword, Confucius believed a true junzi ruled with virtue, putting his people's well-being alongside his own.

PROF XIE:

The principal question in politics is to restrain power. Kings have power, so Confucianism has a whole set of thoughts to restrain kings. It is the Confucian political philosophy that a king should love his people as he loves his son.

But Confucius also gave the word a radical new meaning. Before him, a junzi meant someone of noble blood; after, it meant someone not of noble blood but of noble character.

JEFFREY RIEGEL:

There's something quite revolutionary in this. He's inviting people to look beyond the trappings of power, to look beyond physical attractiveness; to what we might say is an inner beauty, virtue, ethics and the like. And so, this is one of the things I think that he realised during this period of exile.

The best examples of Confucius' reinterpretation of the word junzi are his disciples themselves. Drawn from every section of society, none was of noble birth, yet all had the innate potential to be noble of character.

ANNPING CHIN:

Amongst his disciples there were all types. His disciple Zigong was a merchant; Zilu was a warrior type; and two of his favourite disciples, Yan Hui was from a commoner's background, from a very, very poor family; and Zhonggong was someone whose provenance was very questionable. And I love Confucius' description of Zhonggong; he said that

Guangzhou Railway Station on the lunar calendar of December 29th, 2015

it's possible for a descendant of a plough cattle, you know, to be born with perfectly formed horns. I think what all this tells us is that

Confucius did not measure a person's worth by way of that person's family background.

DANIEL BELL:

At the time Confucius was very concerned with training future generations so that they could be good and moral leaders. So this idea what we can call political meritocracy – that the political system should be designed with the aim of selecting rulers with superior ability and virtue – that's central to the Analects and its very central to the whole Confucian tradition.

These ideals didn't just apply to potential rulers; the ideas of li and the junzi found their origin in the most important unit in Chinese life: the family. At Chinese New Year, millions of workers from all over China return home in what is the largest mass migration of humans on the planet.

At the heart of this celebration is another of Confucius' most important concepts, what he called xiào, often translated as 'filial piety'. Made from the Chinese character for 'old' above the character for 'young', filial piety illustrates the respect the young must pay to their elders and ancestors. And over time, filial piety became so important to Confucian thinking that it developed its own manual: the Book of Filial Piety.

CONFUCIUS said: The body, hair and skin, all have been received from parents, and so one doesn't dare damage them. This is the beginning of filial piety. (Book of Filial Piety)

ZHANG YANYANG:

CONFUCIUS said: 'This is how a filial child serves his parents: During daily living he presents respect; when providing for them he presents happiness; during their illnesses he presents worry; during mourning he presents grief; when making offerings he presents reverence. When he is prepared in these five things, then he is able to serve his parents.'

The reality of China's economic boom means that many families now live thousands of miles apart, and for many migrant workers, Chinese New Year is the only time in the year they can return home to see their parents.

ZHANG YANYANG:

I'm heading back to my hometown, Hengyang in Hunan Province. I haven't been back for quite a few years. My mum is not in good health, so I always bring my child with us. Older people are more like kids. They fear being alone. So we should spend time with them.

PASSENGER:

You are luckier than me. I haven't been back for 13 years.

ZHANG YANYANG:

13 years! That's too hard for me. That's not easy. That's too long.

PASSENGER:

It's fast to me. I started my career 13 years ago. ZHANG YANYANG:

I would suffer. Even if I just didn't go home for one year, I'd suffer if I couldn't see my dad, since I miss him so much; and he misses me the most.

In Sima Qian's biography, we are told that filial piety came to Confucius naturally from an early age. Rather than playing with normal toys, Confucius spent his childhood staging the ancestral rites for his father, who had died when he was just three. And as Confucius grew up, he realised that the values he found in the family – exemplified by the love one had for one's parents and grandparents – could be extended outwards for the benefit of the rest of society.

ANNPING CHIN:

I think his genius was he realised that there's a moral grounding to those practices. And what was that moral grounding? It has to do with empathy. He thought of empathy as the one thing that distinguished humans from other animals – that if we are born with that sense, with that sort of stirring of empathy, why not expand it? Why not make it work for the family, for the community, for the state?

For all Chinese, the heart of the Spring Festival celebrations is the gathering of the family together in the family home. But before the dinner on Chinese New Year's Eve, it's customary to honour one's ancestors; for religion in China isn't to a God, it's to one's shared past.

ZHANG YANYANG:

Let's bow to the ancestors. Let's pray for you all to be healthy and do well at school every year.

In Confucian thought, this is where Chinese religiosity lies: in the family, and it's through rituals like these that one learns to become a junzi, a moral person.

ZHANG YANYANG:

I am a filial child. However, when I think about my mum staying at home alone, I am actually not filial. Times have changed and young people nowadays have much more pressure on them than before. So I think a situation like mine is very common. If my mum didn't have dementia, I would 100% take her with me to the city. I wouldn't leave her at home. My biggest wish is to rebuild this old house and let my mum live in a modern foreign-style house, so that she can enjoy herself. This is the wish of all sons and daughters in this world.

지성선사 (至聖先師)

지성선사(至聖先師)

BC 484년, 지루했던 주유 열국의 여정에 14년 만에 마침표가 붙었다. 제세안민(濟世安民, 세상을 구하고 백성을 편안하게 함)의 정치적 포부를 품었던 공자는 결국 고향으로 돌아왔다. 많은 제후국의 군주 중 어느 누구도 자신의 사상과 이론을 알아주지 않자 공자는 모든 정력을 후대의 군자 양성에 쏟기로 한다.

예일대학교 진안핑 교수

"그때 공자의 나이 68세였다. 주변인의 제안으로 고향에 돌아간 공자는 후대 양성에 주력한다. 당시 가르침을 구하기 위해 찾아온 젊은이들로 공자 집 문턱이 닳아질 지경이었다고 전해진다. 그들이 공자로부터 무엇을 배우고자 했을까? 나는 통치의 예술이었을 것이라고 생각한다. 왜냐하면 지방관리가 됐던 것으로 기록되어 있기 때문에 공자를 찾아온 젊은이들은 공자가 국가경영의 방법, 치국(治國)의 예술, 심지어 관리가 되는 길을 알려줄 것으로 생각했을 것이다."

『공자께서 말씀하시기를, 널리 문물제도를 배우고, 예로써 자신을 절제한다면, 역시 도(道)에서 벗어남이 없을 것이다. (子曰, 博學於文, 約之以禮, 亦可以弗畔矣夫)』

후대 양성을 위해 공자는 고대의 교화 원리를 발전시킨 수업을 개설했다. 수업의 핵심은 '육례(六禮)' 였는데, '육례' 란 군자가 독립적 인격을 형성하기 위해 반드시 익혀야 하는 여섯 가지 예법을 말한다. '육례' 에는 '예' 와 '악' 이 포함되며, 이것들을 통해 질서 있고 조화로운 사회를 구현할 수 있다고 강조했다. 이와 함께 공자는 글(書)과 수(數, 산수)와 어(禦, 마차 끄는 법), 그리고 사(射, 활쏘기)와 같은 기예를 가르치는 반도 개설했다. 그러나 무엇보다 중요한 것은 바로 이 시기에 유학자들이 최고로 꼽는 경전, 이른바 '유학경전(儒經)' 이 편찬되었다는 사실이다.

〈성적도〉中 '공자주해고대전적(孔子註解古代典籍)'

베이징외국어대학교 톈천산 박사

"그림 속 인물들이 고대 경전에 대해 토론하고 있다. 진지하고 열정적인 모습이지 않은가. 이 사람이 공자고, 그 주변으로 8명의 제자가 둘러앉아 있다. 스승과 제자가 함께 새로운 생각을 연구하면서 젊은 제자들은 토론에 완전히 심취했고, 전통학술 계승에 적극적으로 참여했다. 유가가 역사적으로 발전해온 과정을 그대로 보여주는 장면이다."

공자가 '육경'을 산정(刪定) 한 일은 한(漢) 나라 최대의 이슈였다. AD170년에는 이 일이 '희평석경(熹平石經)'에 새겨지기도 했는데, 권위를 상징하는 이 판본은 훗날 과거시험의 기본 교과서가 됐다.

과거는 사회계층이나 출신 배경을 막론하고 누구나 참여할 수 있는 고시제도로서, 우수하고 현명한 인재를 뽑아 관리로 임명하는데 그 목적이 있었다.

시드니대학교 왕안궈 교수

"과거를 보기 위해 학생들은 반드시 고대 경전을 공부하고, 고대 성인의 교화를 이해해야만 했다. 과거에 통과했다는 것은 고대 성인의 가르침을 이해한 것이고, 황제가 나라를 다스리는데 믿을 수 있는 고문이나 관리가 될 수 있음을 의미한다."

공자 이후 십 여 세기를 지나는 동안 후대 학자들의 저서와 주해 문헌 또한 경전 목록에 추가하면서 북송(北宋) 시기에 이르러서는 '십삼경(十三經)'

이 완성되었고, 공식적인 인정을 받았다. 베이징의 국자감(國子監)에는 총 189개의 비석이 있는데, 이들 비석에는 유가경전 63만 자가 새겨져 있다. 무려 4년 여에 걸쳐 작업이 마무리된 것으로 기록되어 있다.

정공 5년 봄 신해일 초하루에 일식(日食)이 있었다. 여름에 노나라가 채(蔡) 나라에 곡식을 보냈다. (五年春王正月, 辛亥朔日有食之, 夏歸粟於蔡)』『하늘이 장차 큰 임무를 사람에게 맡기려 할 때는, 반드시 먼저 그 마음을 괴롭히고, 신체를 고단하게 하며, 배를 굶주리게 하고, 생활을 곤궁하게 한다. (天將降大任於是人也, 必先苦其心誌, 勞其筋骨, 餓其體膚, 空乏 其身)』

캘리포니아대학 버클리캠퍼스 미쉘 닐란 교수

"초기 문명을 연구한다고 해서 과거에만 얽매여 있어서는 안 된다고 생각한다. 중요한 것은 과거의 역사가 후대에게 어떻게 처세(處世)에 대해 가르쳤고, 어떻게 백성을 격려했으며, 어떻게 위기를 극복했고, 어떻게 재난에 대응했는가 하는 것이다. 이 모든 것들이 '유학경전'에 드러나 있고, 여기에 대한 대량의 주해까지 있다."

과거제도는 수(隋) 나라 때부터 청(淸) 나라 말기까지 약 1300년 간 존속했을 뿐만 아니라 매우 엄격하게 시행됐다. 응시생들은 수많은 경전을 원문 그대로 마음속에 새기고 3일 동안 시험을 치렀다.

관리는 총 4개 품 급으로 나뉘었는데, 가장 낮은 품 급인 동생(童生)에서

출발해 가장 높은 품급이자 황궁(皇宮)에서 치러지는 시험인 전시(殿試)에 합격할 수 있는 확률은 1-2%에 불과했다. 이처럼 극소수의 사람들만 조정의 관리가 될 수 있었기 때문에 일부 응시생들은 과거시험에 통과하기 위해 부정행위를 하기도 했다.

공자 76대손 쿵저(孔哲)

"지금 이것들은 과거시험 때 커닝에 자주 쓰였던 물건들이다.

중국어로 '자다이(夾帶)'라고 부른다. '자다이'에는 두 가지 재료가 쓰였는데, 보시다시피 위의 것은 비단 재질이고, 아래 것은 종이 재질이다. 두 가지 모두 먹으로 글씨를 쓰기에 적합한 것들이다. 이것을 저쪽에 놓으면 꼭 문구(文具) 같지 않은가. 붓대 속을 비운 다음에 그 안에 집어넣고, 벼루 아래쪽에 놓거나 이런 틈 사이에 끼워 넣어두는 것이다. 아니면 옷이나 신발 안에 넣어두기도 했다. 어떨 때는 응시생에게 신발이랑 옷까지 벗으라고 하기도 했다. 살갗에다가 커닝 내용을 적어두는 응시생들도 있었기 때문이다. 과거시험에 합격하고 나면 관리가 되고, 또 그에 상응하는 부와 권력을 가질 수 있으며, 일반 백성 위에 군림할 수 있게 되지 않는가. 과거시험 하나로 지옥과 천당이 갈렸다고 할 수 있었다."

과거제도는 훗날 아시아 다른 지역으로까지 광범위하게 전파되어 베트남·조선·일본 등에까지 영향을 미쳤다.

오늘날 중국에서 시행되고 있는 '가오카오'(高는 과거제도의 특징을 가장 잘 계승한 현대판 과거시험이라고 할 수 있다. '가오카오'란 일 년에 한 번 치러지는 중국의 대학 입학시험으로, 수천만 명의 학생이 이를 위해 치열하게 공부한다. 고대처럼 벼슬길에 오르기 위한 것은 아니지만, 중국의 학생들은 '가오카오' 성적을 기준으로 전국의 우수 학교에 입학할 수 있다. 공자를 숭상하던 많은 학생들은 베이징의 국자감에 들어서며 아래와 같이 '지성선사(至 先 師)'의 가호를 빌었다.

"성인이시여, 오래도록 바라 온 학부에 입학할 수 있도록 저희들을 지켜주소서." "저의 모든 노력이 열매를 맺을 수 있기를 바라옵니다."

"공자이시여, 당신 같은 사람이 되기를 바라옵니다. 시험을 위함이 아니라 학습을 일생의 즐거움으로 삼겠습니다."

至聖先師

公元前 484 年,14 年之久的漫长而无奈的逐梦之旅终于宣 告结束,孔子放弃了他济世安民的政治抱负返回家乡。由于没 有任何一个诸侯国的君主接纳他的思想和主张,孔子决定将注 意力转移到下一代君子的培养上。

耶鲁大学金安平教授:

那时他已经 68 岁了,曾经有人邀请他回来,回到家乡。

据说,前来求教的年轻人挤破了他的大门,他们到底要从孔 子那里学到什么呢?我觉得是治理的艺术。因为他的几个重 要弟子都在政府里担任要职,比如说子贡就担任过政府官 员,子路有很高的政治地位,还有仲弓,史籍记载他是地方 长官。所以,这些年轻人可能认为,孔子可教给他们管理国 家的方法、治理的艺术,甚至进入政府的门路。

孔子:博学于文约之以礼,亦可以弗畔矣夫。

为了培养下一代,孔子开创了从古代教化的原理中演化出 来的课程,这套课程的核心就是六艺,一个君子培养独立人格 所必须精通的六种技能。六艺包括礼、乐,它们都能为社会带 来秩序与和谐。除此之外,孔子还设置了书(书法)、数(算 数)、御(驾车)、射(射箭)这几项技艺的学习。最重要的 是,据说在那个时期,孔子编纂了在中国历史上被儒家奉为典 范之作的典籍,也就是现在所称的"儒经"。

孔子75代后裔孔祥林:

所以,他大概就想到把他的思想要传流下去,怎么办 呢?就是整理古代的文献,把自己的思想都注入这个古代的 文献当中去。所以孔子到了他的晚年这几年,他主要就是整 理古代的文献;再一个就是教育他的弟子,当然也希望他的 弟子能够把这个思想传承,还一个呢,宣传出去。

《圣迹图》孔子注解古代典籍

孔子开创的私学,也被后人描绘到了《圣迹图》之中。这 幅著名的图画,生动地展现着至圣先师孔子与弟子们一起讨论 并注解古代典籍的场景。

北京外国语大学田辰山博士:

大家可以看到这些人正在讨论古代典籍,热切地讨论, 激烈地讨论。这里是孔子本人,8 个人围坐在他身边,老师 和学生一起产生新的想法,年轻的一代完全沉浸在讨论中, 参与到继承传统学术的活动中,这也正好映射了儒家在历史 上发展的过程。

孔子删定"六经"的故事,在汉代成为最引人关注的话 题。公元 170

年,这几部儒家经典被刻在了《熹平石经》上,这个权威的版本随后成为科举考试的基础教科书。科举是一种 不论社会阶层和出身背景都可以参加的考试,用来选拔最优 秀、最贤良的士子担任官吏。

悉尼大学王安国教授:

考试确保考生们学习了古代经典,并理解古代圣人的教 化。如果他们理解了,那么可以认为他们对皇帝来说是统治 内值得信赖的顾问或官员。

在接下来的十几个世纪中,后世学者的一些著作与注解文 献也逐渐被列入了典籍之中,到了北宋时期,扩充成了"十三 经"并得到了官方的认可。在北京的国子监,一共放置了 189 块石碑,石碑上的儒家经典共计63 万字,花费了长达 4 年之 久的时间才镌刻完成。

五年春王正月,辛亥朔日有食之,夏归粟于蔡。

苦其心志,劳其筋骨,饿其体肤,空乏其身。

加州大学伯克利分校戴梅可教授：

我认为所有的早期文明,研究他们的历史不能仅着眼于过去。很重要的一点是,过去的历史教给后人如何为人处世,怎样激励人民,如何度过危机,怎样应对灾难,所有这些都在"儒经"中有所体现,还有大量的注解。

从隋朝到清末,科举制实行了 1300 多年,而考试一直以严苛著称。临场的考生们必须把大量的经典原文熟记于心,考试的答卷时间会持续 3 天,而晋阶之路共分 4 级,从最低级的童生试到最后在皇宫内举行的殿试,通过率仅有 1% 到 2%,因为只有少数的成功者才拥有晋身官场的可能,有些考生也会为了通过考试难关不择手段。

孔子 76 代后裔孔哲:

这些东西就是我们科举考试中常用的作弊的东西,它叫作夹带。它有两种质地,你可以看到上面那个是丝质的,底下这个是纸质的,它都比较

适合用墨在上面进行书写。比如 说,我们会把它放在那边,像考篮里,像
这个文具,我们会 把毛笔的中间弄空,把这东西搓成一个小卷放在里面,
或者 放在砚台底下,放在各种各样的夹层里,比如说衣服上、鞋 子里。
有时候,我们会甚至要求你脱掉衣服赤身裸体,因为 有些考生他们有时
候会把这些文字写在他们的肌肤上。因为 一旦他们通过了这个考试,他
们就会成为官员,他们就会获 得相应的财富、获得相应的权力,就使得
他们凌驾于普通人 之上,所以这就相当于一道分水岭,在这边就是地狱,
在那 边就是天堂。

科举考试制度在后来广泛传播到了亚洲的其他地区,它影 响的国家包
括越南、朝鲜和日本等,不过科举考试在今天的中 国最明显的传承也许
就是高考。一年一度的大学入学考试, 成千上万的学生为此拼命一搏,
并非如古代一样是为了踏上仕 途,而是为了让自己能够踏进全国最好的
大学。出于对孔夫子 的虔诚膜拜,许多学生都会按照惯例来到北京国子
监,祈求至 圣先师的保佑:

孔圣人,愿你能保佑我考到我心仪的学府。 愿我的一切努力都能得到
回报。 孔夫子,希望可以做一个像你一样的人,把学习作为一生

的乐趣,不只是为了考试。

THE GREAT SAGE & MASTER

In 484 BC, after 14 long years on the road, Confucius abandoned politics and finally returned home. Unable to find any of rulers to take on his ideas, he decided to transfer his attention to the training of a new generation of junzi instead.

ANNPING CHIN:

By this time, Confucius was around 68; his gate was just flooded with young men who wanted to learn from him. And what did they want to learn? I think it had to do with the art of government, because several of his chief disciples actually became very important people in government. Zigong served as a councillor. Zilu had a high political position and Zhonggong was an administrator. So maybe these young men felt that Confucius could teach them something about statecraft, about the art of government and also how to get into government.

Confucius annotating the ancient literature in the Traces of the Sage

CONFUCIUS: By extensively studying all learning, and keeping oneself under the restraint of the rules of propriety, one may thus not err from what is right.

To train this new generation, Confucius developed a curriculum based on the ancient teachings of the past. At its heart were the Six Arts, the six skills a junzi needed to master in order to cultivate his character. They included li (the rites) and yue (music), both of which brought harmony to society. And Confucius placed these alongside the essential skills of shu (calligraphy), and shu(mathematics), yu (chariotteering) and she (archery). Most importantly, it was during this period that Confucius is said to have compiled and edited the ancient and most sacred books of Chinese history, which are now called the Six Classics.

KONG XIANGLIN:

He thought he needed to pass his ideas on to future generations. How could he do this? By compiling the ancient literature and integrating his own ideas into them. He also hoped that his thoughts would be inherited and spread by his students.

Confucius' Academy is the subject of one of the

most well-known paintings in the Traces of the Sage. It vividly shows the Master and his disciples annotating and discussing the ancient literature.

DR. TIAN:

You see the people working on the classical texts, warm discussion, heated discussion. And here, Confucius himself, one, two, three, four, five, six, seven, eight people sitting around him, the master and disciples, together developing new ideas. The younger generation is entirely involved in the discussion in the continuity of tradition. This exactly reflects the idea and how Confucianism developed over history.

The Six Classics (the Book of Songs, the Book of History, the Book of Changes, the Book of Rites, the Book of Music, and the Spring and Autumn Annals) were canonised alongside the Analects during the Han Dynasty, in 170. Erected by the emperor in the Imperial Academy, these sacred books then became the basis of China's famous Imperial Examination System, a rigorous set of exams that were designed to root out the most talented candidates for imperial government.

JEFFREY RIEGEL:

The examinations guaranteed that examination candidates had read the Classics and had understood the teachings of the sages. And if they understood those teachings, it was assumed they would be trusted as advisors to the emperor and trusted officials throughout his realm.

In the following centuries with books and commentaries add by later scholars, the Classics number had reached to 13 by the period of Northern Song Dynasty and the 13 Classics were all approved by the official. At the Imperial Academy in Beijing, there are 189 stone steles, with 630,000 characters of the classics taking over four years to carve.

MICHELLE: It's the fifth year of Duke Ding of the Lu State, the first month; the first day is 'Xinhai' (traditional calendar, the 48th/60 day). There is a solar eclipse. In summer, Lu State sends millet to Cai State. (Spring and Autumn Annals)

OLDER MAN: When Heaven is about to confer a great office on any man, it first exercises his mind with suffering, and his sinews and bones with toil.

MICHAEL NYLAN:

I think in all early civilisations, learning about one's many pasts, not a single past, is very important because past history provides precedence about what does work, how you motivate people, what you do in crises, how you resolve dilemmas - all of this is contained within the Confucius Classics and the various commentarial traditions.

The examinations themselves were famously rigorous. Candidates had to learn hundreds of thousands of passages from the Classic texts, with question and answer sessions lasting over three days. Conducted at four different levels - from the lowest level country exams to the final imperial exams - the pass rate was only one or two percent. With such power and privilege awaiting the successful few, some candidates tried every method to succeed.

KONG ZHE, a 76th generation descendant of Confucius

KONG ZHE:

Candidates made use of these objects to cheat in Imperial Examinations. They are called 'jiadai'. Here are two kinds of materials; one is silk, the other paper. Both are perfect for writing on in ink. They hid them in exam baskets, in hollowed-out writing brushes; or under an ink stone or in nooks of their clothes or shoes. Sometimes, candidates would be required to strip and be checked naked, because some of them might write on their skin. Once a candidate passed the imperial exams, he would become a government official and be awarded with fortunes and privileges, and be superior to commoners. So this was like a watershed, on one side hell, on the other side heaven.

The influence of the imperial examination system was so enormous that it spread across Asia to Vietnam, Korea and Japan. But perhaps its clearest legacy in modern China is the national college entrance examinations, in which students from all walks of life attempt to win places, not in government, but at the nation's best universities. As a mark of their debt to Confucius, one rite of passage for many students is a trip to the Imperial Academy in Beijing, where they ask for the blessings of China's greatest sage.

BOY:

Saint Confucius, please bless me to be admitted by my dream school.

GIRL A:

I hope all my efforts will get their reward. GIRL B:

Saint Confucius, I hope I can be like you and study as a life-long interest, not just for exams.

계승

계승

지난 수 십 년 간 중국 전국의 곳곳에서는 한나라 때 고분이 수 백 개나 발견됐다. 이중에는 AD 1 세기 경의 것이 가장 많았는데, 묘실 내부에 남은 화상석(畵像石)은 당시 사람들이 세계에 대해 품었던 풍부한 상상력을 보여줄 뿐만 아니라 이미지 그 자체로 놀라움을 안겨준다.

한(漢) 화상석 〈공자견 노자도(孔子見老子圖)〉

묘실 천정 부분의 천계(天界)에는 신수(神獸)와 신조(祥鳥)의 이미지가 가득 그려져 있고, 벽 양쪽에는 당시 사용된 마차와 마부로 대변되는 속세의 삶을 묘사했다. 진시황이 BC 221년에 중국 영토상의 통일을 실현했다고 한다면, 한나라는 진나라 이후 400여 년간 통치하며 중국 문화상의 통일을 이룬 것이다.

고분의 묘실에는 강성했던 한나라의 다양한 신화와 전설, 그리고 그 당시의 풍습과 유명 인물의 기록이 남아 있으며, 이중에는 현존하는 최고(最古)의 공자 화상(畵像) 〈공자 견노자도(孔子見老子 圖, 노자를 만난 공자)〉도 있다.

산둥(山東) 석각(夕刻) 예술박물관 장잉쥐(蔣英炬) 연구원

"우리에게 공자는 어떤 이미지인가? 앞뒤 높이가 다른 '진현관(進賢冠)'을 쓴 관리와 같은 이미지다. 가끔 손에, 매 그러니까 맹금인 매를 들고 있는 모습도 있는데, 이는 일종의 고대 예절을 상징한 것이라 할 수 있다."

화상석에 새겨지는 인물은 보통 그 신분의 다름에 따라 각기 다른 위치를 차지한다. 사대부는 아랫부분에, 신선은 윗 부분에 새겨지는 것이 일반적이다. 인물의 위치는 존귀함과 비천함의 정도와 관계가 있다.

산동(山東) 석각(夕刻) 예술박물관 장잉쥐(蔣英炬) 연구원

"공자의 그림은 건축물의 상부(上部)에 그려지는 것이 일반적이다. 특히 사당일수록 그러한데, 건물의 상부나 벽의 상부를 차지하고 있다. 왜 그런 것일까? 첫째, 공자에 대한 존경, 숭배의 마음 때문이다. 우러러 본다는 것은 위를 쳐다본다는 뜻 아닌가? 또 다른 이유는 유가 사상을 숭상하는 마음 때문이다. 살아서 존경할 뿐 아니라 죽어서도 공자를 숭경 한다는 뜻이다."

사마천이 남긴 공자에 관한 기록을 통해 공자의 생애가 좌절과 고난으로 점철되어 있음을 알 수 있다. 특히 공자는 생전에 자신의 건설적 사상을 알아주는 통치자를 만나지 못했다. 공자 사후 제자들이 공자의 사상을 끊임없이 전파한 덕에 한나라에 이르러서 비로소 통일왕조의 정통 사상으로 인정받을 수 있었다.

공자 75 대손 쿵샹린

"사실 공자의 사상은 그 시대에는 적합하지 않았다. 그렇다면 공자의 사상이 제대로 쓰일 수 있는 시대는 어떤 시대인가? 통일국가에서 국가를 안정시키고, 사회와 백성이 화목하게 지낼 수 있도록 하는데 적합한 사상이었다."

이후의 수십 세기 동안 공자의 사상은 군주제 하의 중국에서 매우 중요한 교화 기능을 발휘했다. 각현(縣)마다 공자를 모시는 사당이 세워졌고, 공자의 지위는 '천종지성(天縱之聖)'의 수준으로 격상됐다.

캘리포니아대학교 버클리캠퍼스 미쉘 닐란 교수

"'신(神)'이란 글자를 번역하면 '신령' 혹은 '정신'이 된다. 간단하게 말하면, 중대한 영향력을 갖는 보이지 않는 힘을 가리킨다. 산천(山川)과 비·바람의 신도 있을 수 있겠지만, 사람들의 세계에 중대한 영향을 미치면서 살아 있기도 하고 혹은 죽은 존재일 수도 있다는 점에서 공자 역시 신으로 불리는 것이다." 1302년에 세워진 베이징 공묘(孔廟)는 오늘날 공자의 제사를 지내는 명소가 됐다. 공묘는 국자감 옆에 자리 잡고 있는데, 공자 76 대손인 쿵저는 지난 수 십 년 동안 이 곳에서 일하며 베이징 공묘의 일상 관리 및 유지 보수 업무를 담당하고 있다.

공자 76 대손 쿵저

"나는 공부(孔府)에서 태어나 취푸 공묘에서 뛰어놀고 장난치며 자랐다. 그래서 나에게 이곳 공묘는 남다른 의미를 갖는다. 이곳의 냄새는 내게 가장 익숙한 냄새이고, 내 고향의 그것과 닮아 있다."

이곳은 고대 황제가 직접 공자 제사를 모시던 곳이기도 하다. 공자에게 제를 올리는 전통은 BC 195년 한고조(高祖)때 시작되어 1911년 중국의 마지막 황제가 퇴위를 선언할 때까지 계속됐다.

공자 76 대손 쿵저

"공자 제사를 지내는 날이 되면 자금성에 있는 황제는 아주 일찍 일어나야 했다. 한밤중에 일어나 목욕재계 등 만반의 준비를 마치고 난 뒤 어가(禦駕)를 타고 이곳으로 와 제사를 지냈다. 제물로는 '삼생(三牲)'이라 불리는 소와 돼지와 양을 준비했는데, 삼생은 중국에서 가장 전통적인 제물이다. 이곳에서 황제는 분향하고 공자의 위패를 향해 절을 올렸다. 그리고 고대의 술잔이던 작(爵)에 술을 따르고 축문(祝文)을 낭독했다. 축문에는 우리가 어떻게 공자를 숭배해야 한다는 등의 내용이 쓰여 있었다."

제사와 같은 의식은 '예'가 군주제의 중국 국가 전례에서 매우 중요한 위치를 차지하고 있었음을 보여줌과 동시에 고대 중국 사회생활에서 '효'의 중요성을 드러낸다.

시드니대학교 왕안궈 교수

"'효'는 군주제 하에 있던 중국에서 매우 중요한 사상이었다. 유가 사상이 성숙함에 따라 국가는 거대한 가정에 비유됐고, 따라서 '효'는 가정을 이어 주었듯이 국가 전체를 응집시켜주는 역할을 했다."

중국 문화사에 있어 '효' 사상이 가장 두드러졌던 때는 한나라 때로, 이 시기 공 씨 가문 전체가 조정의 존귀한 지위로 격상됐다. 공자가 사후 500년, 방대한 양의 자료 수집 및 정리 작업을 통해 공 씨 가문의 족보가 최초로 완성됐다. 공자는 공 씨 가문의 시조로 받들어졌으며, 공자의 적계 후손이 '연성공(衍聖公)'의 작위를 계승했다.

공자 75 대손 쿵샹린

"은혜를 입었으면 보답을 해야 하는 게 중국의 전통이다. 따라서 공자가 후대에 은덕을 베풀었으므로 후대는 마땅히 공자에게 보답을 해야 하고, 공자의 후손에게 우대혜택을 줘야 했던 것이다. 이 같은 배경 하에서 기원 원년, 공자의 후손에 후작(侯爵)의 하나인 '보성후(保成侯)'라는 작위가 내려졌다. 이후 당(唐) 대에 이르러 공작(公爵)으로 격상됐고, 공작의 지위는 1935 년까지 이어졌다. 그러다가 1935 년 공화제 시행으로 작위가 폐지되면서 봉사관(奉祀官)이 되었다."

현재까지 공 씨 족보는 2000년 넘게 기록되고 있으며, 공씨 후손 또한 크게 늘어났다. 족보를 더욱 효과적으로 편찬하고 관리하기 위해 공 씨 일가는 전문적인 족보 관리기구를 설립했다. 이것이 바로 취푸의 공자족보연구센터 (孔氏族譜研究中心)이다. 공 씨 가문 관련 모든 서류가 이곳에 보존되어 있으며, 공자 직계 77대손인 쿵더밍(孔德明)이 관리하고 있다.

공자 77대손 쿵더밍(孔德明)

"이 방에는 우리 공 씨 가문 족보 편찬 기간에 수집한 모든 자료들이 보관되어 있다. 우리 가문뿐만 아니라 정부에서도 이곳을 매우 엄격하게 관리하고 있다. 세수 면에서 상당한 혜택을 누리고 있고, 병역의무 또한 일부 면제받고 있다. 계속해서 족보를 기록하고 수정하는 것은 진짜 공자의 후예인가를 판별하는데 도움이 된다."

2009년, 쿵더밍은 더욱 완벽해진 최신 버전의 공 씨 족보를 공개했다. 이번에 공개된 공 씨 족보는 최근 반세기 이래 처음으로 수정된 것이다. 총 80 권 분량에 200여 만 명의 공씨 후예가 기록된 최신판 족보를 만드는 데는 무려 12년 여의 시간이 걸렸다.

공자 77대손 쿵더밍

"처음에는 막연히 공자의 후손으로서 마땅히 해야 할 일이라고 여겼다. 그러나 족보 수정 작업이 계속되면 계속될수록 사명감이 생기고 갈수록 자부심이 커졌다. 이 일은 내 인생에서 가장 큰 수확이 아닐 수 없다."

공자 77대손 쿵더핑(孔德平)

공자 77대손 쿵더마오(孔德懋)

'천하제일의 가문'이라는 영예를 얻은 공 씨 가문은 오늘날 세계에서 가장 오래도록, 가장 방대한 양을 기록한 족보를 보유하고 있다.

현재까지 공 씨 족보에는 세계 곳곳에 있는 공 씨 직계 후손 200만 명의 이름이 수록되어 있다.

공자 76대손 쿵링산(孔令珊)

"우리 공 씨 후손들은 공자문화에 매우 남다른 감회를 가지고 있다. 우리 공 씨 후예는 자부심을 느끼고 있으며, 우리의 자신감과 에너지는 그무엇에도 비할 바가 없다."

공자 77대손 쿵카이디(孔凱蒂)

"나는 쿵카이디, 공자의 77대손이다. '카이'라는 이름은 〈효경(孝經)〉 중 '개제(愷悌, 중국어로 카이티로 발음)'에서 취한 것으로 아버지께서 지어주셨다. '왕자와 같은 품성'이라는 뜻이다."

공자 79대손 쿵추이쉬(孔垂旭)

"만나서 반갑다. 나를 불러줘서 고맙다. 내 이름은 제임스 쿵, 중국 이름은 쿵추이쉬다. 공자의 79대손이다."

공자의 피를 물려받은 직계 후손으로서 이들은 가문의 영광을 누리고 있음과 동시에 상당한 부담감도 느끼고 있다. 공 씨 후손들은 세계 어느 곳에 있든지 유가의 도덕 준칙을 따르고 자신을 다스려야 하기 때문이다.

공자 77 대손 쿵카이디

"어린 시절부터 어머니께서는 항상 말씀하셨다. 공 씨 가문의 일원이고, 공자의 후손이니 행동거지에 있어 잘못이 있어서는 안 된다고 말이다. 학교에서도 다른 사람보다 잘해야 하고, 남들보다 더욱 건강하고 총명해야 하며, 가족의 영예를 드높여야 함을 잊어서는 안 된다고 하셨다. 공 씨 가문과 중국인을 어깨에 짊어져야 했다. 그때 내 나이 5 살이었다."

공자 79 대손 쿵추이쉬

"공자의 79대손으로서 나는 남들에게는 없는 책임을 더 져야 했다. 행동거지가 단정해야 하고, 타인의 모범이 되어야 하며, 하루도 빠짐없이 올바른 일을 하도록 노력해야 했다. 또 다른 사람이 나처럼 되도록 바라기도 했다."

传 承

在过去的几十年间,成百上千座汉代陵墓在中国各地被发 现,其中很多甚至可以追溯到公元 1 世纪,这些墓室内的汉画像 石展现着汉代人对于世界的丰富想象,画面令人惊叹。墓室顶部 的天界画满了神兽和祥鸟的形象,画壁两侧描绘的则是汉代马 车和车夫所代表的俗世生活。如果说秦始皇在公元前 221 年实现 了中国地理上的疆域大一统,那么汉朝在此后 400 年间的统治则 是实现了中国文化上的大一统。因此,在这些古老的墓室中,人 们可以看见象征着汉朝强盛的各种神话传说、风土人情和历史人 物,这其中就包括已知最早的孔子画像《孔子见老子图》。

山东石刻艺术博物馆 研究员蒋英炬

山东石刻艺术博物馆研究员蒋英炬:

孔子的形象一般看成什么呢?他就是像一般官吏的形象,戴着前高后低的帽子叫"进贤冠"。有时候,手里执一个鸷,就是鸷鸟那个鸷,手鸷礼,这是一种古代的礼节。

汉画像石《孔子见老子图》

汉画上石像的人物,通常会按照各自身份的不同而雕刻于 不同的位置。士大夫位于底层,而神仙居于上层, 每个人物的 位置都和他们的尊卑程度有关。

山东石刻艺术博物馆研究员蒋英炬:

孔子的画像形象,一般在建筑物尤其在祠堂里,都画在 屋的上部,墙壁的上部。为什么画在上部?一个就是对孔子 的尊崇敬仰,敬仰嘛,仰就是往上看;另外一个是对儒家思 想的一种敬仰和崇拜,这是他对孔子的,也是一种生前的尊 重,死后也要崇敬这样的人物。

通过司马迁撰写的关于孔子的传记,我们可以知道孔子的 生命历程里其实充满着挫折和磨难,在他的那个时代,没有一 位在位的统治者愿意接受他创建性的思想。孔子去世之后,他 的弟子与学生们坚持传播他的思想,直到汉代终于成为大一统 王朝的正统思想。

孔子75代后裔孔祥林:

孔子他那个思想不是适用于那个时代的,所以,他的思 想是适合于什么呢?是国家统一以后,它能够使国家安定下 来,使社会、使人民都能够和谐相处的这么一个思想。

在接续下来的十几个世纪中,孔子的思想对帝制中国发挥 着至关重要的教化作用,每个县都要为孔子建立庙宇,把他的 地位提升到了"天纵之圣"的高度。

加州大学伯克利分校戴梅可教授:

"神"这个词翻译过来就是神灵或者精神,简单说就是有重大影响的不可见力量。所以,可以有代表山川雨云的神,或者是那些对他们周遭有重大影响的、活着或者死去的存在,这就是为什么孔子是神。

始建于 1302 年的北京孔庙,在今天已经成为一个祭祀孔子的著名场所。孔庙坐落在国子监旁边,在过去的十几年里,孔哲一直供职于这里,负责北京孔庙的日常管理和维护事务。孔哲是孔子的第 76 代嫡系子孙。

孔子 76 代后裔孔哲:

我是出生在孔府里面的。从小在曲阜的孔庙里跑着、玩耍着长大。所以,这座孔庙对我而言,它的气味让我感到非常的熟悉,很像我家乡的感觉。这里也是古代皇帝亲自祭祀孔子的地方,这一祭拜孔子的传统始于公元前 195 年的汉高祖时期,一直延续到 1911 年中国的最后一位皇帝宣布退位。

孔子 76 代后裔孔哲:

当皇帝亲自来的时候,他就要在紫禁城里起得非常非常非常早,半夜就要起来,然后沐浴更衣,做好一切的准备。然后,由他的车驾带领着到这个地方来祭祀。祭品的准备,首先我们要提到的是中国最传统的祭祀的这几样祭品,是 牛、猪、羊,我们叫"三牲"。在这个地方,他要向孔子的神 位上香;要把这个酒斟到这个爵里,就是古代的酒杯,同时 还要读一些祝,这个祝就是祭文,上面就写了,我们是如何 如何敬仰孔子,大概就是这个意思吧!

这些祭奠礼的仪式,说明了"礼"在帝制时代的中国国家 典礼上的重要地位,同时也显示了"孝"在古代中国的社会生 活中的重要性。

悉尼大学王安国教授:

"孝"的思想在帝制中国时期非常重要,因为随着儒家思 想的发展,国家被看作一个庞大的家庭,就像"孝"能够连 系家庭一样,它也能凝聚整个国家。

汉朝时期"孝",在中国文化里最突出的体现,便是将整 个孔氏家族提升到了朝廷显贵的地位。在孔子去世 500 年之 后,经过浩繁的搜集整理,孔氏家庭的族谱第一次编定完成。 孔子被尊为孔氏家族的第一位祖先,并且由孔子的嫡长子孙世 袭继承"衍圣公"的爵位。

孔子 75 代后裔孔祥林:

因为中国的传统呢,是有恩就要报答。按照中国的传统 的话,孔子对后人有恩德,后人就要报答孔子,就要给孔子 的后代以优待。所以,从公元元年那一年,孔子的后代就被 封作了一个侯爵——保成侯。到了唐代的时候,晋升了一个 公爵,这个公爵一直延续到什么时候呢,一直延续到1935 年,到 1935 年的时候,共和制度了,就不能保留公爵了,就改为了奉嗣官。

如今,孔氏族谱已经记录了 2000 多年,孔氏家族也变得 越来越庞大。目前,为了更好地编纂和修缮族谱,孔氏一族专 门成立了自己的管理机构,这就是曲阜的孔氏族谱研究中心。 所有的孔氏家族档案都完整地保存在这里,并由孔子的第 77 代嫡系子孙孔德明保管着。

孔子77 代后裔孔德明

这一个房间是收录了我们所有孔子后裔世家谱续修期间 保存的最原始的档案资料,对我们孔氏家族管理这一块,包 括就是说,从政府这个行列也管理很严格,应该说是孔家人 来说,也享受一定的税收(优惠),或者是免一些兵役,另外 就是说,我们续修家谱也对我们孔子后裔,辨别孔子

后裔真 伪(有帮助)。

2009 年,孔德明发布了最新续修的更为完整的孔氏族谱。 这是近半个世纪以来,对于族谱的第一次续修。孔氏族谱共 80 卷,耗时 12 年完成,里面收录了 200 多万的孔氏后人。

孔子 77 代后裔孔德明:

一开始作为孔子后裔,感觉做这个事情也是应该的。但 是,随着家谱续修我们工作逐步地深入,我也是感觉到这个 使命感和光荣感、自豪感也是越来越强,我感觉这个应该说 是我这一生当中最大的一个收获。

孔子 77 代后裔孔德平　　　　　　　孔子 77 代后裔孔德懋

被誉为"天下第一大家"的孔氏家族,他们的族谱已经成 为历史上最久远、最庞大的家族谱系,囊括了生活在世界各地 的超过 200 万的嫡系子孙。

孔子76代后裔孔令珊

孔子76代后裔孔令珊:

因为从孔子文化来讲,我们姓孔的对孔子文化有很深的情怀,所以我们姓孔的后代感到自豪,有无比的信心和力量。

孔子77代后裔孔凯蒂:

我叫孔凯蒂,是孔子第 77 代后人。我的名字凯蒂(恺 悌)取自《孝经》,是我爷爷给我起的,这个名字的意思是

"王子一般的品质",王子的品质。

孔子 79 代后裔孔垂旭 孔子 79 代后裔孔垂旭:

大家好,谢谢你们邀请我来这里,我叫詹姆斯 · 孔,中 文名是孔垂旭,我是第 79 代孙。

作为孔氏一脉的嫡系子孙,他们既沐浴着家族的光辉,同 时也会背负着压力。孔氏家族的每一位成员,无论生活在世界 的哪一个角落,都要以儒家的道德准则来要求和规范自己。

孔子77代后裔孔凯蒂:

在我的成长过程中,我的母亲一直灌输给我们,你是孔家的一员,是孔子的后人,行为举止不能有偏差。在学校,你一定要比别人做得好,你要更强壮、更聪明,时刻记住为你的家族争光。整个孔氏家族和中国人都在你小小的肩膀上,那时我5岁。

孔子79代后裔孔垂旭:

作为孔子的第79代后人,我有一份额外的责任,我必须端正举止,为他人树立榜样,每一天我都在努力做正确的事,并希望能鼓励他人同我一样。

A LIVING GOD

Over the past few decades, hundreds of Han Dynasty tombs have been discovered across China, many dating from around the 1st century, 500 years after Confucius' death. Inside are stunning representations of the Han Dynasty's vision of the world: heaven above full of birds and beasts and the human world of horses and charioteers below. If the First Emperor of the Qin Dynasty united the country geographically in 221 BC, then it was the following Han Dynasty that united it culturally over the next 400 years of its rule. And so, within these tombs we see the establishment of the cultural heroes that underpinned China's emerging national identity, including the first-known portrait of Confucius.

A Meeting of Confucius and Laozi, a Stone Relief in the Han Dynasty

DR. JIANG YINGJU, a researcher in the Shandong Stone Carving Art Museum

DR. JIANG:

He often appears as an administrator with an official hat and gown;; he sometimes has his hands clasped, which is ancient etiquette.

The figures on Han Dynasty tombstones were often carved in different tiers – with court officials at the bottom and the gods at the top, with each figure's placement relative to the esteem in which they were held.

DR. JIANG:

Confucius is usually painted on the top tier. One reason is to show reverence towards Confucius. 'Looking up' shows reverence. The other was to show respect and admiration towards Confucianism. This is to show respect to Confucius both in life and in the afterlife.

In Sima Qian's biography, we are told that Confucius died a frustrated man, having failed to convince a single ruler to take on his revolutionary ideas. After his death, his students and disciples insisted on spreading his thoughts. It was only in the Han Dynasty that his ideas emerged to become the dominant philosophy of a now united empire.

KONG XIANGLIN:

Confucius' politics were not suitable for his own time. They were only suitable after the country had been united. Then his ideas could stabilise the country and help to create a harmonious society. That's what his ideas were suitable for.

Over successive centuries, the ideas of Confucius became so important to imperial China that every new prefecture built a temple to him, elevating him to the status of a god.

MICHAEL NYLAN:

The word 'shen', which we translate as god or spirit in Chinese, simply means an unseen influence that has an enormous impact. So, you can have gods that represent mountains, rivers, rain and clouds, or beings that are actually living or dead that exert an enormous impact on their surroundings. That's the sense in which Confucius is a god.

First established in 1302, the Temple of Confucius in Beijing is now the most well-known place devoted to the worship of Confucius. Located next door to the Imperial Academy, for the past 10 years, it has been under the care of Kong Zhe, a 76th generation descendant of Confucius himself.

KONG ZHE:

I was born in the Kong Family Mansion and I grew up playing around in the Temple of Confucius in Qufu. Therefore, this temple feels very familiar to me, just like my hometown.

It was here where the emperor himself came to conduct sacrifices to Confucius, a tradition that started in 195 BC and lasted until the fall of the last emperor in 1911.

KONG ZHE:

The emperor would get up very early in the Forbidden City. He would get up just after midnight, take a bath and put on clean clothes. Then he would take the imperial carriage here to offer sacrifice. Many offerings are prepared. The most traditional Chinese sacrifices include an ox, a pig and a sheep. They are called the 'Three Sacrifices'. Here, the emperor offers incense to Confucius' tablet and pours wine into a 'jue', which is an ancient vessel, all the while reading commemorative texts about how much we revere Confucius.

These rituals reveal how China's emperors had restored the ancient rites of the Zhou kings to the heart of state life, but they also highlight the importance of filial piety to imperial China.

JEFFREY RIEGEL:

The idea of filial piety was important in imperial times because as Confucian ideology developed, the state was seen as the family writ large. And just as filial piety could bind together a family, so could it bind together an empire and ensure that the subjects of that empire would revere the ruler; and that ruler, in reply to such reverence, would embrace and care for all of his subjects.

During the Han Dynasty, the best example of the importance of filial piety in imperial culture was the elevation of Confucius' own family, the Kongs, to Chinese nobility. 500 years after his death, Confucius' family tree was painstakingly re-retraced, and he was appointed First

Ancestor to a long line of Kong family members, with the principal male line eventually inheriting the title the 'Duke of Kong'.

KONG XIANGLIN:

One Chinese tradition is 'kindness should be repaid'. In order to repay the contribution Confucius had made, descendants of Confucius needed to be given privileges. So in 1 AD, his descendants were honoured with the title Marquis, The Marquis of Baocheng. In the Tang Dynasty they were made Dukes. This lasted until 1935 when China became a Republic. The title of Duke was abolished and was changed to sacrifice official.

After 2,000 years of genealogical records, the extended Kong family is now so big that it has its own headquarters, the Confucius Genealogy Research Centre in Qufu. It's here where all the Kong family records are kept under lock and key by a 77th generation descendant of Confucius, Kong Deming.

KONG DEMING, a 77th generation descendant of Confucius
KONG DEMING:

This room contains all the records of Confucius' descendants including all the family books, and the original family tree. In terms of managing our family, it is very strict. Descendants' families have enjoyed certain benefits like tax reduction or exemption from military service. The compilation of the genealogy helps us to verify the authenticity of real descendants.

KONG DEPING, a 77th generation descendant of Confucius

In 2009, Kong Deming unveiled a new edition of the complete Kong family tree, which hadn't been updated for over half a century. Numbering 80 volumes, it took 12 years to complete and it now contains over 2 million names, including women for the first time.

KONG DEMING:
When I first started, I felt obliged to do this because I'm a descendant of the Kong family. But later with the process of the work, my feelings

of pride and honour become stronger and stronger. I feel that this has been the biggest achievement of my life.

KONG DEMAO, a 77th generation descendant of Confucius

KONG LINGSHAN, a 76th generation descendant of Confucius

Often referred to in Chinese as 'the first family under Heaven', the Kong family's genealogy is now the oldest and longest accredited family tree in history, with its over two million descendants living all over the world.

KONG LINGSHAN:

As descendants of Confucius, the people from the Kong family have a deep feeling towards Confucius. We're so proud of our surname. We have inimitable confidence and power.

KAITY TONG, a 77th generation descendant of Confucius

KAITY KONG:

My name is Kaity Kong. I'm a 77th generation descendant of Confucius, and my name, Kaity, in fact, is derived from the Confucian Classics of Filial Piety. My grandfather named me, he picked my name. And actually what it means is having 'princely qualities', the qualities of a prince.

JAMES KONG, a 79th generation descendant of Confucius

JAMES KONG:

Hello everyone, thank you for having me here today to speak to you. My name is James Kong, or in Chinese Kong Chai Shu. I am the 79th generation descendant of Confucius, and my grandfather is the head of the family in China and the most direct line in China.

Being a Kong also brings its own pressures, for, in return for the prestige of their family name, every Kong is expected to uphold the values of Confucian morality wherever he or she lives.

KAITY TONG, a 77th generation descendant of Confucius

KAITY KONG:

When I was growing up, my mother pounded that into our heads. You are a member of the Confucius family, you're a descendant of Confucius, so don't misbehave. When you go to school, you have to be better, you have to be stronger, you have to be smarter, and you have to remember that honour of your family, the Confucian family and the entire Chinese people rests on your little tiny shoulders. I was five years old at the time.

JAMES KONG:

As a 79th generation descendant of Confucius, I have an extra level of responsibility in the way I behave and the example I give to others. Every day I work towards this good behaviour in myself and I hope it inspires other people to do the same.

21기 현재

21세기 현재

　유가는 고대 전통문화와 사상을 계승해야 한다고 강조했고, 이로 인해 동시대의 논적(論敵)과 사후의 부정자(否定者) 들을 포함한 다른 학파로부터 무수한 공격을 받아야 했다. 20세기에 거세게 일었던 비판의 물결은 더욱 큰 영향을 미쳤다. 이 같은 비판의 물결은 1960-70년대의 '문화 대혁명' 시기에 정점에 다다랐었는데, 중국과 세계와의 연계를 서둘러야 한다는 당시의 분위기 속에서 공자는 낡은 사상·문화·풍속·습관을 가리킨다는 이른바 '사구(四舊)' 의 대표라고 폄하됐다.

취푸 문물 보호관리소 판공실 가오징훙(高景鴻) 전 주임

취푸 문물보호관리소 판공실 가오징훙(高景鴻) 전 주임

"홍위병이 반란을 일으킨 것은 공부 대문의 편액을 떼어낸 이후다."
'문화 대혁명' 시기, 공자가 봉건 군주제와 긴밀하게 연관되어 있다는
이유로 공자 관련 많은 유적지들이 잇따라 훼손됐다. 그러나 공자의
고향이자 '삼공(三孔)'의 소재지인 취푸의 문물들은 다행히 현지 정부
의 특별한 노력 덕분에 지금까지 보존될 수 있었다.

취푸 문물 보호관리소 판공실 가오징훙(高景鴻) 전 주임은 "우리는
국가 공무원이었기 때문에 그 당시 국무원이 세웠던 비석을 보호해야
했다. 바로 공부 입구에 국가 중점 문물 보호 사업소가 있었다. 우리는
공자상(像) 상두석(上頭石)을 들어낸 뒤 그것을 땅속에 묻었고, 다른
유물과 서화들은 천장 위에다 숨겼다.

이런 문물들은 국가의 보물로서, 한번 없어지면 재생 불가능한 것이다. 저우언라이(周恩來) 총리 말씀처럼 문물을 파괴하면 역사적으로 얼마나 큰 손실인지 가늠할 수 조차 없다. 그래서 나는 당시 홍위병 반란에 참가하지 않았다."

지난 40여 년간 중국은 현대화 발전을 실현했고, 경제적으로도 급성장했다. 이러한 가운데 사람들은 이전과는 다른 자부심으로 전통 도덕과 전통문화를 감싸 안기 시작했다. 전국적으로 유가 사상의 중요성이 강조되면서 공자는 다시금 유구한 중화문명의 상징이 되었다. 다수 매체는 새로운 시각으로 공자의 학설과 사상을 재조명했고, 전국의 학교들은 교육과정의 핵심 내용으로 유학을 다루고 있었다.

쓰하이공자서원 펑저(馮哲) 원장

"중국 경제가 발전함에 따라 우리는 다시금 우리의 정신문명을 찾기 시작했고, 이러한 가운데 공자가 다시 부상했다. 우리는 반드시 공자를 불러내야 하고, 우리 마음속에 모셔야 한다."

쓰하이공자서원

'쓰하이공자서원'은 베이징 외곽에 위치해 있다. 이곳에서는 3-14세의 학생들이 새벽 5시 반부터 옛날 그대로의 방식으로 유가경전을 공부한다.

쓰하이공자서원 펑저 원장

"우리 쓰하이공자서원의 교훈은 '성경(誠敬)'과 '겸화(謙和)'다. '성'은 사람됨에 있어 가장 중요한 자질을 가리키고, '겸'은 자신을 가장 낮은 위치에 뒀을 때 대중에 융합될 수 있고, 궁극적으로 '화'의 경지에 이를 수 있다는 뜻이다. '화'는 신체와 마음의 조화뿐만 아니라 사람과 사람 사이의 조화도 의미한다."

쓰하이공자서원의 학생들은 현대적 교육을 받음과 동시에 공자의 '육경'도 공부한다. 아주 어린 나이부터 마음으로 유가의 경전을 외우고 공부한다는 것은 매우 중요한 의미를 갖는다.

쓰하이공자서원 펑저 원장

"유년시기부터 중국 경전을 공부하는 것은 중국의 전통교육에서 가장 중요한 부분이다. 어린 나이에 경전을 공부하는데 가장 중요한 것은 학생의 기억력을 활용하는 것이다.

어린 친구들의 기억력은 매우 뛰어나다. 지금 당장 경전 내용을 이해할 필요는 없다. 나이가 들고 이해력이 높아짐에 따라 자연스럽게 그 내용을 이해할 수 있기 때문이다. 아침 일찍 일어난 소는 제일 먼저 풀을 뜯어먹고 밤이 되면 천천히 반추(反芻)하며 소화시켰다가 다음 날이 되면 이를 에너지로 전환해 일을 하러 나가지 않는가? 그것과 똑같은 것이다."

유가의 전통적 교육방식이 오늘날의 교실에서까지 환영받을 수 있는 이유는 무엇일까? 이에 대해 사람들은 유가의 전통 윤리도덕관념 중 '인(仁)'이라는 개념에 대한 숭상 때문이라고 생각한다.

쓰하이공자서원 교사 루원펑

"그럼 이번에는 이 글자에 대해 이야기해보자. 이 글자(仁)는 어떻게 읽나? 우리는 유가의 교육이 '인애(仁愛)'를 핵심으로 한다고 배웠다. 그렇다면 '인'이란 무엇을 의미하나? 자신을 생각하면서 다른 사람을 생각해야 하고, 다른 사람을 생각하는 것이 곧 자신을 생각하는 것이라는 뜻이다."

하와이대학교 로저 에임스 교수

"'인'이라는 글자의 최초의 뜻은 '사람(人)'이었다. 다만 공자가 사용한 이 글자는 두 사람을 의미했는데, '완벽한 사람이 되기 위해서는 반드시 가정에서의 역할과 사회에서의 역할에 근간해야 한다' 는 뜻으로, 각각의 역할을 더욱 완벽하게 해석했다. 다시 말해 가정과 사회에서의 역할 및 관계를 다 했을 때 최고의 아버지, 최고의 할머니, 최고의 스승이 될 수 있다는 것이다."

지금으로부터 1000 년 전, 공자는 이곳저곳을 떠돌면서도 사상에 대한 탐색을 쉬지 않았다. 열국을 주유하는 동안 자신의 사상을 알아줄 명군(明君)을 만나지 못했음에도 불구하고 공자는 제자들과의 대화 가운데 '인' 의 사상을 승화시켰고, 이로부터 '서(恕)'사상을 탄생시켰다. '서' 는 유가에서 중요한 개념 중 하나로 훗날 널리 전파되었다.

『자공이 물었다. 평생토록 행할 만한 말이 있습니까? 공자께서 말씀하시길, 아마도 서(恕) 이리라. 자기가 하기 싫은 일을 남에게 강요하지 말라.(子貢問曰: "有一言而可以終身行之者乎?" 子曰: "其恕乎! 己所不 欲, 勿施於人")』

칭화대학교 다니엘 벨 교수

"서방사회의 문제 중 하나가 바로 지나친 개인주의일 것이다. 사람들은 '진짜 나란 무엇인가?' 라고 물으며 자신의 내심 깊숙이 들어가 답을 찾으면 생명의 의미를 깨우칠 것이라고 믿는다. 그러나 유가는 사람은 자신의 내심 깊숙이 들어갈 수 없으므로, 나와 타인의 관계를 보아야 한다고 말한다. 그 관계란 어떠한 것인가? 만약 평등심에서 우러난 관심이 아니라면 결코 중요하지 않다고 말한다. 중요한 것은 동정과 사랑의 관계를 맺어야 한다는 것이다."

공자가 제시한 '인' 과 '서' 사상이 당시의 개인주의에 대항하기 위한 것이었다고 한다면, 많은 이들은 오늘날에도 이 같은 대항이 여전히 필요하다는데 공감할 것이다. 중국의 많은 기업들이 현대 경영활동에 유가사상을 적용하고 있는 것 역시 바로 이 때문이다.

징보(京博) 석화 그룹은 중국 최대의 제련공장 중 하나다. 중국의 다른 기업들과 마찬가지로 징보 석화 그룹 역시 '인' 과 '효' 같은 유가의 도덕 준칙을 회사 경영이념의 핵심 내용으로서 강조하고 있다. 징보 석화 그룹은 전통 가치관이 직원 들의 도덕적 수준 제고뿐만 아니라, 회사의 시장 경쟁력 강화에도 도움을 줄 것이라고 믿고 있다.

징보(京博) 석화그룹 마윈성(馬韻升) 회장

"직원 부모님을 위한 '경로금' 과 함께 '효도금' 을 지급했더니 직원들의 노력과 열정이 돌아왔고, 이는 회사에 더 큰 부를 창출해 주었다. 이러한 선(善)순환을 통해 회사 경영도 더욱 수월해지고 기업들도 더 행복해 질 수 있는 것이다."

징보석화그룹 직원 마잉펑(馬英鵬)

"내 이름은 마잉펑, 징보 석화 그룹에서 일하고 있다. 우리 회사는 아버지와 아이들까지 세심하게 보살펴 준다. 옛날에는 공자에 대해서 잘 알지 못하고, 책에서 봤던 것이 전부였다. 회사 정문에 들어서면 '공자문인(孔子問仁)' 조각상이 보이는데, 입사 이후부터 공자 문화에 대해 많이 알게 되었다."

상업(商業)과 도덕의 결합을 가리켜 일부 학자들은 '실용 유가(實用儒家)' 라고 말한다. 징보 석화 그룹의 사례는 유가가 시대와 함께 발전하고 있음을 보여주는 대표적 사례로, 유가는 오늘날 가장 중국적

특징을 지닌 핵심 경쟁력으로 자리 잡았다.

시드니대학교 왕안궈 교수

"나는 유가의 가치관이 있었기 때문에 중국이 다른 나라와의 경쟁 속에서 비교우위를 점할 수 있었다고 생각한다. 경제발전을 예로 들어 보자. 유가는 협력과 공영과 교육, 그리고 규칙과 학습을 강조하고, 이것들은 오늘날 세계에서 그 무엇보다 중요한 것들이다."

생전에는 인정을 받지 못했던 공자지만, 그의 사상은 중국인 생명에서 가장 깊숙하고 가장 영광스러운 부분을 만들어 냈다. 예악이 붕괴됐던 그때부터 수천 년의 세월이 흐른 21세기의 오늘날, 세계적인 경제강국이 된 중국은 여전히 공자의 사상을 이어가고 있을 뿐만 아니라 그안에서 새로운 의미를 발견하고 있다.

오늘날 중국이 이토록 강력한 정신력을 발휘할 수 있는 것은 어쩌면 중국인 내심 깊숙한 곳에 사그라지지 않는 불멸의 신념이 존재하고 있고, 이것이 그들로 하여금 우주에서 가장 중요한 것, 바로 '집(家)'의 가치를 깨닫도록 이끌었기 때문인지도 모른다.

쓰촨대학교 셰유톈 교수

"중국은 20세기 이후 많은 시도를 해왔다. 그 결과 중국인의 마음속에서는 여전히 '가정'이 중심임을 확인했다. 왜냐하면 가정이 곧 중국인의 가치관이자 그들 인생의 종착점이며, 가정 안에서 살아갈 때 비로소 인생의 참 의미를 깨달을 수 있기 때문이다."

가정을 중요하게 생각하는 문화는 중국의 다양한 전통의식에서도 확인할 수 있다. 그 대표적인 것이 칭밍제(淸明節, 한식)에 올리는 제사로, 여기에는 유가 사상이 강조하는 '예'와 '효', 그리고 '인'이 모두 담겨 있다.

공자 72대손 쿵셴펑(孔憲鐸)

"칭밍제는 보통 음력 3월 아니면 2월에 있다. 무덤에 새 풀이 올라
오고 나무에도 새싹이 트는 때다."

칭밍제가 되면 온 가족이 조상의 선산을 찾아 먼저 세상을 다녀간 선
조에게 제사를 올린다. 4대가 함께 사는 취푸의 공 씨 후손들에게 있어
칭밍제는 공 씨 선조가 묻혀 있는 공림을 찾는 날이기도 하다.

공자 72대손 쿵셴펑

"이 근처에만 30여 명의 선조들이 묻혀 있다. 모두 이곳에서 잠드셨
고, 나는 72대손이다. 도둑질을 했거나 불량배 짓을 했던 남자, 시부모
를 공경하지 않았거나 창기(娼妓)였던 여자는 이곳에 묻힐 수 없다. 이
것이 공 씨 가문의 규칙이다."

공자 74 대손 쿵판뱌오

"선산이 이렇게 크니 아마 몇 년 뒤에는 나도 여기에 누울 것이다. 내 조부, 증조부, 고조부가 계신 이곳에서 잠들 것이다."

공자 72대손 쿵셴펑

"다 같이 절하자. 조부께서는 술을 드시지 않으니 절부터 하자. 나도 해야 하는데, 무릎을 굽힐 수가 없구나."

취푸에서 칭밍제는 공 씨 가족들이 모두 모이는 날이다. 2015년은 공자 탄신 2566년이 되는 해였다.

2015년 칭밍제를 맞아 취푸에서 열린 공자 추모식에서
공 씨 후손들이 기념사진을 촬영하고 있다.

공자 76 대손 쿵링샨

"너무 놀랍다! 2566년이라는 세월이 흘렀지만 공자는 여전히 살아있
다. 오늘의 성대한 모임은 공자가 세계인과 중국인의 마음속에 중요한
지위를 차지하고 있고, 영웅으로 기억되고 있음을 보여주는 것이다."

공자 77대손 쿵더밍

"사람들이 일반적으로 장점이라고 꼽는 것들은 사실 우리 선조인 공
자가 장점이라고 한 것들이다. 공 씨 가문의 일을 할 수 있다는데 자부
심을 느끼고 너무나도 영광스럽다." 칭밍제는 중국인에게 중요한 명절
로, 이날이 되면 공 씨 가문의 후손들은 한 자리에 모여 중요한 의식을
치른다. 바로 그들의 위대한 선조인 공자를 추모하는 의식이다. 공자

의 묘 앞에 모여 단체로 제사를 지내는 의식은 이곳에서 벌써 2000년 넘게 치러지고 있으며, 이러한 의식은 공자에게 남다른 문화적 의미를 부여했다.

공자 76대손 쿵링타오(孔令濤)

"공자가 생전에 꿈꿨던 것은 예악 문화가 살아있는 융성시대를 회복하는 것이었다. '예'로써 나라를 다스림으로써 사회 시민의 윤리 도덕 수준과 사회의 발전 수준을 최대치로 끌어올리고자 했다. 공자의 후손으로서 우리는 마땅히 공자의 이상을 계승하고 발양시켜야 하는 책임과 사명감을 짊어져야 한다."

공자가 세상을 떠난 뒤 그가 남긴 사상은 유일무이한 문화유산이 되었다. 공자에 대해 사마천은 "BC 478년 인생 최후의 순간에 72세의 공자는 자신이 곧 죽을 것이라는 징조를 예견했다"고 기록했다.

『공자께서 그것을 보시고 말씀하시길, 기린이니 잡아라. 공자께서 말씀하시길, 봉황새도 날아오지 않고, 황하에서 그림도 나오지 않으니, 나는 이미 끝났구나.(仲尼視之,曰 : 麟也, 取之° 子曰 : 鳳鳥不至, 河不出圖, 吾已矣夫)』

상서로움의 상징으로 여겨지며 공자의 탄생을 알렸던 기린이었지만, 눈 앞에 다가온 공자의 죽음은 막지 못했다. 며칠 뒤, 문안을 온 자공에게 공자는 자신의 죽음이 임박했다며 《시경(詩經)》의 구절로써 유언을 대신했다.

『태산이 무너진단 말인가? 기둥이 꺾인단 말인가? 철인이 죽는단 말인가? (太山壞乎, 梁柱摧乎, 哲人萎乎)』

서한(西漢) 사학자 사마천

"세상에는 많은 군주와 성현들이 있었으니, 이들은 살아서는 비할 바 없는 영화를 누렸으나 죽은 뒤에는 아무에게도 기억되지 못했다. 공자는 평범한 사람이었으나, 그의 이름은 수 대에 걸쳐 전해졌고, 학자들마다 모두 그를 스승으로 모시니 공자야말로 최고의 성인이라 하겠다.(天下君 王至於賢人眾矣, 當時則榮沒則已焉, 孔子布衣傳十余世, 學者宗之, 可謂至聖矣)"

当今

儒家提倡传承古代传统文化和思想,为此招来其他学派数 不胜数的抨击,这其中包括孔子同时代的论敌以及他去世之后 若干个世纪里的否定者。而发生在 20 世纪的风起云涌的批判 浪潮,则产生了最深远的影响。这种批判的浪潮,在 20 世纪 六七十年代的"文革"中达到顶点。为了尽快让中国与当代世 界接轨,孔子被归类为"四旧"的代表,即旧思想、旧文化、 旧风俗、旧习惯。

曲阜文保所办公室前主任高景鸿:

红卫兵造反,这是把孔府大门的门匾扯下来以后。

这一时期因为孔子和中国封建帝制的紧密联系,与他相关 的很多遗迹被相继毁掉。而在他的故乡曲阜——三孔的所在 地,一些文物侥幸被当地政府以特殊的方式保护了下来。

曲阜文保所办公室前主任高景鸿:

因为我们是国家工作人员,因为那个时候国务院立了一 个石碑,保护文物石碑,是国家重点文物保护单位,就在孔 府门口。我们就把像上头石拱这种国家一级文物,我们就把 它都埋到地底下了,就把这个遗物和字画都藏到天花板上 面。因为这个文物是不可再生的,是国家的宝贝,当时像周 总理说那样,你把这个破坏了以后,你不知道这是历史上的 东西。所以,因为我是接受这样的思想,所以我那个时候, 就没参加造反派。

在过去的 40 年中,随着中国的现代化大发展和经济的腾 飞,人们开始以一种全新的自豪感,重新拥抱传统道德与传统 文化。而在举国上下对于儒家思想的高度重视下,孔子也重新 成为中华文明源远流长的象征。在国家媒体上,孔子的学说和 思想以具有新时代特色的方式被重新解读。在全国各地的一些 普通学校里,儒学也回到了教学课程的核心内容中。

四海孔子书院院长冯哲:

随着中国经济的腾飞,我们又开始寻找我们的精神家园 的时候,孔子又开始站起来,他要在精神上站起来。所以 说,那一定要把孔子再请出来,甚至要活在我们心中。

四海孔子学院

这是位于北京郊区的"四海孔子书院"。3—14 岁之间的孩 子们,正在用完全复古的私塾方式学习儒家经典,他们的一天 从早晨五点半开始。

四海孔子书院院长冯哲：

这个四海孔子书院的校训是诚敬、谦和。这个"诚"是 做人最重要的品质，这个"谦"的意思就是，做人一定要把 自己摆在一个很低的位置，才能够融合于众，最后实际上，要达到一个"和"的境界。也就是说，不仅是个人的身与心 的和谐，也是人与人之间的关系的和谐。

在四海孔子书院里，孩子们不仅要接受现代的教育课程，同时还会接受孔子"六艺"课程的教育。最为重要的是，他们 从很小的年龄开始，就要用心背诵并学习儒家的那些经典著 作。

四海孔子书院院长冯哲：

这个自幼读中国经典，这是传统中国教育最重要的一个 传统。这个小时候读经，更重要的是利用他的记忆力。因为 小朋友他的记忆力非常好，他不需要理解，随着年龄的增 长，他的理解力逐步地增加，然后他就可以有了理解的内 容。这就好比说，像那个牛起先早上把草吃进去，然后夜里 再慢慢地反刍消化，第二天就转化为能量可以去工作。

或许对于当下社会来说，之所以能够让传统的儒家教育方 式回归课堂，大多数人都会认为，这是由于对儒家传统伦理道德观念中"仁"这一概念的推崇。

四海孔子书院陆云鹏老师:

好,那下面我们来讲一讲这个字,这个字念什么,仁。 我们知道儒家的教育,它是以仁爱为核心的。但是,这个"仁"是什么意思呢?想到自己就要想到别人,想到别人一定想到自己。

夏威夷大学安乐哲教授:

"仁"这个字,其实最初的意思就是人。但是,孔子用 的这个字是两个人,这就是他说的,要成为一个完美的人,必须立足于我们在家庭和社会中的角色与关系,可以将每个人的角色诠释得更加完美。比如成为最好的父亲、最好的祖母、最好的老师。

回首千年之前,孔子深入求索这些思想光芒的时刻,仍然 是在他到处流亡的那些岁月。奔波游走在各个诸侯国之间,虽 然找不到一位明君可以采纳他的思想,但是就在孔子与弟子们 的彼此对话中,他升华了"仁"的思想,继而衍生出了"恕"这一重要而被广泛传播的理念。

夫子,有一言而可以终身行之者乎。
其恕乎,己所不欲勿施于人。

清华大学贝淡宁教授:

西方社会的一个问题,可能就是过度的个人主义。大家 都在说的,什么是真我,我深入自己的内心,一旦找到答 案,于是我就领悟了生命的意义。但是,儒家教导我们,你 不能仅仅是深入自己的内心,你要看到你与其他人的关系。 这些关系如何,如果不是出于平等心的关怀,(这些关系)就 没有那么重要。最重要的就是,这些关系要以同情和关爱为 特点。

如果说孔子提出的"仁"与"恕"的道德概念,是为了对 抗他那个时代的个人主义,那么对很多人来说,在当今的社会仍然存在着这样的对抗。正因如此,许多中国的公司,已经开 始把儒家理念纳入到现代经济活动中。

京博石化集团公司是中国最大的炼油厂之一。在这里,如 同其他许多中国公司一样,"仁"和"孝"这样的儒家道德准 则,早已被纳入到公司最核心的管理理念中。他们相信,这些 传统价值观,不仅提升了员工的道德水平,也让公司在市场上 更具有竞争力。

京博石化集团公司董事长马韵升:

为员工的父母发放敬老金,同时也发放孝工资,最后换 来的是员工的努力,是付出,又为公司创造了更多的财富。 那么,就是这样往复式循环的上升,是让企业更好、我们的 员工更幸福。

京博石化集团公司员工马英鹏:

我叫马英鹏,在京博石化上班。在这儿上班呢,自己的 家人,包括父母、还有孩子,公司都能够给你照顾得很全 面。关于孔子,以前了解得比较少,只是从书本上看到的一些东西。尤其是一进大门,我 们的"孔子问仁"的雕像特 别地醒目,从来到(京博)以 后,对孔子的文化了解得比较多一些了。

京博石化集团公司员工马英鹏

这样的一种商业与道德的结合,被一些学者称为"实用儒 家",可以看作儒家与时俱进的例子,现在也已经被许多人视 为最具中国特点的核心竞争力。

悉尼大学王安国教授:

在我看来,儒家的价值取向在与其他国家的竞争中给了 中国一些优势。比如,在经济发展中,儒家强调合作、共 赢、教育、规则、学习,所有这些在当今世界都无比重要。

这是一个震撼人心的故事,尽管孔子在他的时代并不被接 纳,但孔子的思想却塑造了中国人生命中最深远、最具人性光 辉的部分。从孔子所在的那个礼坏乐崩的时代,穿越古老中 国的千年沧桑,到 21 世纪重新崛起于世界的经济强国,他的 思想不仅在不断延续,更是从代代相传中找到了全新的意义所 在。为什么会产生如此强大的精神力量,或许是因为在他们内 心深处,始终供奉着历经时间锤炼的信念,帮助他们在中国人的生命体验中找到最重要的终极意义——家。

四川大学谢幼田教授:

中国这个制度,20 世纪以来做了很多尝试。最后中国人 他的内心还是以家庭为重,因为家庭才是他的一种价值观, 他的人生的着落点,他在家庭里生活,他的人生才有意义。

人们对家庭观念的尊重,可以从中国文化中最重要的一种 仪式里窥见一斑:清明祭祖。儒家思想中的礼、孝、仁,一并 展现其中。

孔子72代后裔孔宪铎:

清明,一般清明不在农历的三月,或者就在二月,清明这个墓上的青草青芽,树也发芽了。

清明时节,一家老少来到墓前祭拜他们离世的先人,对于 曲阜的这一支四世同堂的孔氏后裔来说,意味着他们要再次造 访孔林这个安葬孔氏先祖的地方。

孔子72代后裔孔宪铎:
像我们这一片已经埋了30多口人了,都长眠在这里了,现在我是第72代。男的,偷盗再就是地痞、流氓不能入祖 坟,女的不孝敬公婆的、娼,嫖娼卖淫这个意思,她不能入 祖坟,这是孔家的规矩。

孔子 74 代后裔孔繁飚:

有这么大一片家族墓,可能若干年以后,我也许会躺在 这里,跟我的那些祖父,然后太爷爷、爷爷,然后一起长眠 于此。

孔子 72 代后裔孔宪铎:

一起磕个头,老爷爷不喝酒,先磕个头吧,来吧,磕个 头,我可是跪不下了。在曲阜,清明节成了一个孔氏众多家族成员交流聚首的良 机,2015年是孔子逝世 2566 年。

孔子 76 代后裔孔令珊:

震惊哪!就是 2566 年以后,孔子在历史上的作用,从今 天的隆重聚会就可以表达出来,孔子在世界和中国人民心目 中的重要地位和英雄形象。

2015年清明孔氏后裔曲阜家祭合影

孔子77代后裔孔德明:

我们现在好多的,就是说你挖掘每个人的优点,其实我 感觉,就是我们孔子所提倡的优点。应该说,我也感觉很敬 佩,应该说也很荣耀,就是说自己能够从事这个家族的工作。

在清明这个中国人的重要节日里,孔氏家族的后裔们纷纷 前来,而他们最重要的一项仪式,就是一同追思他们最伟大而 显赫的先祖——孔子。在孔子的陵墓前集体祭拜,这样的仪式 在同样的地点已经举办了2000多年,而这个仪式也赋予了孔 子非同寻常的文化意义。

孔子76代后裔孔令涛:

孔子在他成长的历史时期呢,他的理想也是能恢复一个 礼乐文化的鼎盛时代,用以礼治国去把社会的公民的这种伦 理道德水准,以及社会的发展,上升到一个鼎盛时代。那 么,作为孔子的后人,我们应该担负起一个传承和发扬的责 任和使命。

孔子逝世后,他的传世思想变成了一份史无前例的文化遗 产。在关于孔子的传记中,司马迁写道:公元前478年,在人 生的最后时刻,72岁的孔子预见到了自己即将死亡的征兆。

仲尼视之,曰:麟也,取之。
曰:河不出图,洛不出 书,吾已矣夫。

曾经作为祥瑞的象征、预示了孔子诞生的麒麟,这一次却 没有能够阻止死亡的降临。几天之后,当忠诚的弟子子贡前来 探望的时候,据说孔子在此说出了他的临终遗言,那是一段来 自儒家经典《诗经》中的句子。

太山坏乎,梁柱摧乎,哲人萎乎。

西汉史学家司马迁:

天下君王至于贤人众矣,当时则荣没则已焉,孔子布衣 传十余世,学者宗之,可谓至圣矣。

THE MODERN WORLD

Confucianism's emphasis on hierarchy, tradition and ancient etiquette has made it the focus of numerous attacks from alternative schools of thought – both during his own lifetime and in the many centuries after his death. In the 20th century, imperial traditions were often blamed for China's poverty and lack of development. Given that Confucianism was the mainstream tradition, it became a principal target, and by the late 1960s, Confucius was included in what was called the Four Olds: old culture, old ideology, old customs and old habits.

GAO JINGHONG, Former Director, San Kong

GAO JINGHONG:

This is when the Red Guard was here. This is after the rebels took down the board on the gate of the Kong Family Mansion; they were propagandising to the public in front of the gate.

At the height of this period, because of Confucius' deep association with China's feudal imperial past, his legacy was dismantled – nowhere more so than in his hometown of Qufu, where the three Confucian sites had to be put under state protection.

GAO JINGHONG:

Because we were protecting the cultural relics on behalf of the state, the State Council set up a plaque saying 'key cultural relics site under state protection' just in front of the Kong Family Mansion. So we buried some of the most precious cultural relics from the Shang and Zhou dynasties in the ground. The cultural relics are irreplaceable. They are our treasures. Like our former premier Zhou Enlai said, 'Once you ruin them, you will never know their historical value'. I held this thought at that time, so I never joined the rebels.

Over the past 40 years, as China has modernised and its economy thrived, it has embraced its ancient traditions with renewed pride. Nationally, Confucius has become a symbol of the extraordinary depth and continuity of Chinese civilisation. In the media, his teachings are being brought up to date for millions on national television and in schools across the land; Confucianism is back at the heart of state curriculum.

FENG ZHE, Headmaster of Sihai Confucius Academy

Sihai Confucius Academy

FENG ZHE:

With the Chinese economy taking off, we've started to look for our spiritual home, and Confucius has risen again. We need to rise up spiritually, so we need to reintroduce Confucius and let him live in our hearts.

At the Sihai Academy, a Confucian boarding school on the outskirts of Beijing, children – between the ages of 3 and 14 – follow a curriculum based entirely on traditional Confucian education with their day starting at 5:30 a.m.

FENG ZHE:

Our motto is sincerity, respect, humility and harmony. Sincerity is the most important virtue of being a human being. Humility means to place yourself in a lower position and fit in the majority. The last one is harmony. It is not only harmony of one's body and soul but also the harmony of interpersonal relationships.

At Sihai, children are schooled not just in the modern curriculum, but also in the Confucian Six Arts. Crucially they also learn to recite the Confucian classics 'by heart' from a very early age.

FENG ZHE:

The purpose is to memorise, because children usually have good memories; they don't necessarily have to understand. As they grow up and understand more, the sentences will make more sense. This is like how cattle eat in the morning, digest and ruminate overnight and gain energy for the next day. I guess this is very different from Western education tradition.

At the core of this resurgence in Confucian education is a focus on what many feel is the most important Confucian virtue, what he called 'ren' (often translated as benevolence or humanity).

TEACHER:

Now let's talk about this character, how to pronounce it? As we all know, at the core of Confucian education is benevolence. What does it mean? Whenever you think about yourself you should think about others. Whenever you think about others, think about yourself.

ROGER AMES:

The word 'ren' actually means person, but the character that he uses is the character for person and the number two. And so what he is saying is that the way in which we become consummate as human beings lies in the roles and relationships that locate us within the family and community. It should be translated as the very best conduct that one can express. Becoming the very best father, becoming the very best grandmother, becoming the very best teacher.

The moment Confucius came to develop this idea was once again during his period of exile. Adrift in the warring states with no ruler accepting his ideas, it was in conversations with his disciples that he elaborated the concept of ren, giving it its secondary impulse: the idea of empathy, what he called 'shu'.

ZIGONG: Is there one word which may serve as a rule of practice for all one's life?

CONFUCIUS: It seems to be the word 'shu'. What you do not want to be done to yourself, do not do to others.

(Analects)

DANIEL BELL:

One of the problems in Western societies is arguably excessive individualism. You know, what is the authentic self? I look deep in my heart and once I find the answer there, then I can find the meaning to life. But Confucianism says you don't just look deep in your heart, you have to look at the relations with other people. What are the qualities of those relations? If they're hierarchical, that's not such a big deal. What matters is that those relations are characterised by compassion and care.

If Confucius formulated the virtues of benevolence and empathy to counter the individualism of his own age, then – to many – this has clear parallels in the materialism of contemporary society. To this effect, many Chinese companies have started to integrate Confucian ideas into the modern workplace.

One of China's largest petroleum refining factories, Jingbo Petrochemicals in Confucius' hometown of Shandong, has made the concepts of benevolence and filial piety an essential part of their management structure. These values, they believe, not only improve the morality of every worker, but also make their business more competitive.

MA YUNSHENG, CEO of Jingbo Petrochemical, Shandong Province

MA YINGPENG, an electrician of Jingbo Petrochemical, Shandong Province

MA YUNSHENG:

We give the parents of our employees a pension, what we call a 'filial salary'. This in turn encourages the employees' hard work and brings more profit to the company. This spiral of improvement in the end makes our company stronger and the employees happier.

MA YINGPENG: My name is Ma Yingpeng. I am an electrician. Working here means my family, including my parents and children, are well looked after by the company. I did not know much about Confucius, only a little bit from textbooks. Every time I come to work, the statue of Confucius by the gates always attracts me. Now I know more about him.

This combination of business and virtue, what some scholars have called 'practical Confucianism' is one example of how it has consistently evolved with the times and which some see as giving China its competitive edge.

JEFFREY RIEGEL:

The values of Confucianism can be seen as something that gives China an advantage in its dealings with other countries, in its economic development. Confucianism emphasises cooperation, collaboration, education, discipline, study. All of those things are important for success in the modern world.

It's a remarkable story. Rejected in his own lifetime, Confucius' teachings have come to define the deepest and most human aspects of Chinese life. From the disorder of his own times... through the legacies of China's imperial age... to 21st century China's new-found status as an economic superpower – they have not only persisted, but have found new meaning in every new generation. Why? Because at their heart lies a shared set of beliefs and rituals that have lasted the test of time, and which find their ultimate meaning in the most important unit of Chinese life: the family.

KONG XIANDUO, a 72nd generation descendant of Confucius

PROF. XIE:

Since the 20th century, China has tried many social systems. In the end, the Chinese still have family in their heart, because the family is their value, is their resting place in life. Only when they live in the family does life makes sense to them.

This reverence for the family stands behind one of the most important rituals in Chinese culture: the grave- sweeping festival of Qingming, where all the Confucian virtues of rite, filial piety and benevolence come together.

KONG XIANDUO:

The Tomb-sweeping Day happens in March or February in the lunar calendar. It's in spring. Everything restarts. The grass on the tomb will be green. Trees will have new buds.

KONG FANBIAO, a 74th generation descendant of Confucius

At Qingming, the young and old visit the graves of their parents and ancestors, which, for Confucius' descendants in Qufu, means a trip to the Cemetery of Confucius, where their family members are buried.

KONG XIANDUO:

We have more than 30 family members buried here. I'm the 72nd generation. Robbers, thieves and rogues cannot be buried here. Neither can women who are not filial to their parents-in-law. You know what prostitutes are, right? Those women can't be buried here. This is the rule.

KONG FANBIAO:

We have such a big family cemetery. Perhaps some years later, I'll sleep here with my grandfathers and great- grandfathers forever.

A group photo of the Kong family's sacrifice on the 2,566th anniversary of Confucius' birthday

KONG XIANDUO:

Are we all here? Now let's do it. Grandpa doesn't drink wine, only tea. Let's kowtow together. I can hardly kneel.

In Qufu, Qingming is also the occasion for the coming-together of large numbers of the extended Kong family. The year of 2015 was the 2,566th anniversary of Confucius' birthday.

KONG LINGSHAN:

What makes me feel amazed is that, even after 2,566 years, Confucius still holds such an important status and image not just in the mind of Chinese people, but people worldwide.

KONG DEMING:

The virtues that each person tries to live up to today are exactly those advocated by Confucius. I feel very respectful and honoured to be involved in the works of my clan.

The gathering of the Kong family at Qingming Festival culminates in the ceremony of worship to their most important ancestor, Confucius. Conducted in the same spot for over 2,000 years, this has become a ritual of national importance given the contribution Confucius has made, not just to the Chinese, but to so many across the world.

KONG LING TAO, a 76th generation descendant of Confucius

KONG LINGTAO:

In Confucius' time, he tried to revive the culture of rituals and music and to use the governance of the country with rite to improve the moral ethics of its citizens. As Confucius' later generations, we need to shoulder such responsibility to inherit and to carry it forward.

It's a remarkable legacy, given the circumstances of Confucius' death. In the final chapter of the biography, Sima Qian writes that, aged 72, Confucius – despondent over his failure to have changed the world – witnessed the revisit of the qilin, a portent of his own death.

SIMA QIAN: Confucius saw it and said: 'It is my time.

I'm going to die.'

Where once the qilin had gloriously heralded his birth, this time it was to herald his end. A few days later, visited by his faithful disciple Zigong, he uttered his last words, a quotation from the Book of Songs.

The great mountain must crumble; the strong beam must break; and the wise man withers away like a plant.

SIMA QIAN: The world has known innumerable princes and worthies who enjoyed fame and honour in their day but were forgotten after death, while Confucius, a commoner, has been looked up to by scholars for 10 generations and more. Well he is called the Supreme Sage!

부록1
중국 및 해외 전문가가 본 다큐멘터리 '공자'

중국 및 해외
전문가가 본 다큐멘터리 '공자'

글로벌 커뮤니티 네트워크(미국) L3C사(社) 국제총감 저스틴

다큐멘터리 '공자'는 나에게 깊은 감명을 주었다. 다큐멘터리 '공자'를 보고
나서 중국의 목소리를 더욱 이해할 수 있게 됐다. 내가 가장 좋아하는 부분은
사람들이 왜 집으로 가야 하는지, 사람들이 왜 어머니를 모시려고 하는지를
이야기한 부분이다. 오늘날 세계의 리듬은 대단히 빠르다. 항상 쫓기는 삶을
살며 사람들의 감수성은 사라졌다. 다큐멘터리 '공자'가 이런 부분을 다루고
있어 더욱 좋았고, 이것을 본 사람들은 반성을 하게 될 것이다.

간춘쏭 베이징대학교 철학과 교수 겸 베이징대학교 유학
연구원 부원장

서양에서 제작한 사상가에 대한 다큐멘터리를 자주 보는데, 그럴 때마다
서양인이 어떻게 생각하는지를 보다 쉽게 이해할 수 있었다. 반면 중국에
는 서양과 같은 좋은 작품이 없었기 때문에 중국인들은 《논어》나 《오경(五
經)》같은 책을 읽어야 했다. 그러나 경전을 읽기란 쉬운 일이 아니다.

다큐멘터리와 같은 방식이라면 중국 문헌에 대한 서양인의 관심을 불러일으키고, 중국에 대한 이해를 더욱 제고 시킬수 있다.

일본 NHK 중국 총국 쿠로야나기 세이지 감독

춘제를 맞아 고향에 돌아가는 중국인의 심정이나 공자의 사상과 가르침을 오늘날까지 이어가고 있는 그의 후손들의 마음은 중국에서 뿐만 아니라 미국 등 세계 각국에서도 계승될 수 있다. 이는 DNA의 유전일 뿐 아니라 사상의 유전이며, 다큐멘터리 '공자' 는 이 같은 메시지를 강하게 전달하고 있다.

CCTV 외국어 채널(영어) 하오밍 카이(郝明凱) 고문

유학의 기본개념을 매우 재미있고 적절하게 풀이했을 뿐만 아니라 전문가

들의 해설 또한 이해하기 쉬웠다. 특히 다큐멘터리 마지막 부분이 가장 재미 있었다. 유학이 어떻게 현대사회와 관계를 맺고 있는 지에 대해 설명하는 부분이었다. 사람들의 직장인 기업들이 유학의 도덕 준칙을 지키는 것, 특히 직원 부모님을 위한 경로금을 지급하는 부분이 인상 깊었다. 유학과 현대사회의 관계가 매우 재미 있었다.

쿵샹린 세계 유학 대회 의장 겸 중국 공자연구원 연구원

공자의 사상은 '인애'의 사상으로, 전쟁에 반대하고 평화를 강조한다. '원인 불복, 칙수 문덕 이래지(遠人不服, 則修文德以來之)' 라고 했다. 자신의 사상 문화 도덕 수준을 높임으로써 먼 곳의 사람이 복종하도록 해야지, 무력으로 정복하는 방법은 옳지 못하다는 뜻이다. 우리가 사는 오늘날에도 지도적 의미를 갖는다.

천광중(陳光忠) 중국신문사(中國新聞社) 전(前) 사장

　다큐멘터리 '공자'를 한 번 보고 난 뒤 부족한 기분이 들어 여러 번 반복해서 봤다. 다큐멘터리 한 편이 이처럼 흡인력을 갖기란 쉽지 않은 일임에도 불구하고, 다큐멘터리 '공자'는 그러했다. 이는 다음과 같은 '자각'이 있었기에 가능했다고 생각한다. 첫째, 문화적 자각, 둘째, 심미적 자각, 셋째, 역사적 자각이다. 또한 조명기술을 제대로 파악해 주제를 전달한 것도 중요한 요인이었다. 다큐멘터리 '공자'를 이렇게 성공적으로 제작할 수 있었던 것은 결코 쉬운 일이 아니다.

부록2
공자의 영혼을 찾아서

공자의
영혼을 찾아서

자오셴취안 (趙仙泉)

    중국과 영국이 공동 제작한 다큐멘터리 '공자' 는 2016 년 1월 1일 CCTV 과학교육채널을 통해 최초 방영됐다. 국제적 가치를 갖는 90분 분량의 다큐멘터리 '공자' 는 억만 시청자들에게 정신적 성찬(聖餐)을 제공했을 뿐만 아니라, 사상문화 영역에 있어서도 '대사건' 으로 평가 받으며 사람들의 이목을 집중시킴과 동시에 반성적 사고를 불러일으켰다.

    공자. 그는 영원불멸의 화제 인물이다. 2000여 년의 세월 동안 공자에 대한 평가는 엇갈렸다. 한나라 때 '독존유술(獨尊儒術)' 을 시작으로 청나라 말기에 이르기까지 공자와 그의 유가 사상은 군주제와 밀접한 관계를 맺으며 전통 주류사상의 지위를 누렸었다. 그러나 다큐멘터리 '공자' 가 말하고 있는 것 처럼 20세기 공자와 유가에 대한 비판풍조가 일어났고, 특히 문화 대혁명과 '사구(四舊)' 타도 등 분위기 속에서 공자가 극단적으로 부정되면서 공자의 지위는 바닥까지 추락했었다. 그러나 최근 수십 년간의 경제발전을 겪으며 중국은 다시금 공자를 존경하기 시작했고, 더불어 공자의 윤리도덕가치도 다시 인정받았다. 이 같은 역사적, 시대적 배경 하에서 다큐멘터리 '공자'는 국제적 관점에서 공자의 영혼과 그 궁극적 의미를 탐색함으로써 공자와 유가 사상의 가치관을 전파하고, 중국문화의 해외 진출에 지대한 기여를 했다!

다큐멘터리 '공자'에서 가장 눈길을 끄는 것은 인물 인터뷰다. 시드니대학 교의 왕안궈 교수, 예일대학교의 진안핑 교수, 캘리포니아대학교 버클리캠 퍼스의 미쉘 닐란 교수, 하와이대학교 로저 에임스 교수, 칭화대학교 다니엘 벨 교수 등 세계적으로 유명한 한학자들을 통해 공자의 의미를 들었고, 이는 매우 큰 설득력을 가졌다. 이와 함께 베이징외국어대학교 톈천산 박사의 외 국어 통역은 서방과의 언어적 장벽을 해소하는데 중요한 역할을 했다.

스토리텔링 식의 내용 전개로 추상적 이념을 구체화한 것은 다큐멘터리 '공자'의 또 다른 강점이다. 공자의 전기(傳奇)뿐만 아니라 오늘날 흔히 접할 수 있는 사례를 들어 공자 사상의 생명력과 영향력을 설명했다. 예를 들어 산 동 베이둥 예촌을 통해 〈제자규〉 중 유가교화의 기능을 설명했고, 춘제 때 모이는 가족의 모습을 통해 가정과 효도의 응집력과 인정을 드러냈다. 또 유가 문화를 토대로 기업을 관리하고 있는 징보석화그룹의 사례를 통해 전통 가치관이 오늘날의 경제운용 중에서 갖는 효과를 보여주었고, 쓰하이공자서원의 교육 실천을 통해 자질교육에 새로운 깨우침을 주었다. 생활 속에 살아 있는 사실로서 공자의 영혼이 우리의 삶 깊숙한 곳에 자리 잡고 있으며, 결코 공허한 설교가 아님을 증명해 보였다.

핵심 키워드를 통해 시청자에게 공자사상을 이해하는 열쇠를 제공한 것도 다큐멘터리 '공자' 만의 매력 포인트다. '예', '군자' , '효' ,'인,' '육례' 등 풍부한 함의를 가진 한자는 유가경전의 정화(精華)다. 한 예로, '군자' 는 엘리트 지도자의 본보기 일 뿐 아니라 모든 사람이 본받아야 할 모범이다. 사람은 무릇 군자와 같은 인격을 가져야 한다. 군자는 의(義)에 밝고, 소인은 이(利)에 밝다고 하지 않았는가! 물질만능주의 속에 도덕이 사라진 오늘날, 우리는 더더욱 '의(義)'의 중요성을 이해해야 한다. 앞서 전통 농업사회가 상업적 이익을 경시한 것이 중국의 발전을 저해했다는 관점이 존재했었다. 그러나 시장경제라고 해서 오로지 '이(利)' 만 추구해야 하는 것은 아니다. 사람은 누구나

'의' 를 잊어서는 안 되며, '이' 만 보아서는 안된다. 그렇지 않으면 도덕의 마지노선을 잃게 될 것이다. 우리는 '유상(儒商, 학자의 기질을 갖춘 상인)'을 호환하고, '의' 와 '이'의 균형을 추구해야 한다. 특히 주류 가치관이 관(官)과 재물을 구분한 것은 군자의 덕행이 진정한 '긍정 에너지' 임을 보여주는 것이다. 다큐멘터리 '공자' 는 다시금 유가 사상을 발양시켰으며, 세도인심(世道人心)에 큰 도움을 주었다.

다큐멘터리 '공자' 는 종과 횡이 교차되고 시공을 오가는 서사방식을 취함으로써 지루함을 피하고 사람들의 사상적 흥미를 고취시켰다. 당시의 배경을 재연하고 다양한 영상자료를 활용하여 시각적 효과를 크게 끌어올렸다. 또 정교한 몽타주를 적절하게 배치함으로써 시청자들의 눈 피로를 덜어 주었다. 다큐멘터리 '공자' 는 심혈을 기울여 훌륭한 작품이 되기를 추구하는 그들의 실력을 보여주기에 가히 부족함이 없었다. 마지막으로 개인적 소견을 한 마디 더 덧붙이자면, 대형 다큐멘터리는 전통 TV의 핵심 경쟁력 중 하나라고 생각한다. 주류 가치관을 드높이는 것은 CCTV 등 주류 매체의 사회적 책임이다. 시청자들과 함께 주류 매체의 노력에 박수를 보내는 바이다.

　자오셴취안(趙仙泉). 우한(武漢)대학교에서 학사, 석사를 졸업하고 중국 런민(人民) 대학교에서 신문학 박사학위를 취득했다. 네이멍구(內蒙古) 광전국(廣電局) 국장 조리를 역임했으며, 현재 CCTV 고급편집 겸 부처급(副處級) 기율 감찰위원이다. 저서로는 《이성과 감정(理性與情感)》,《사무사(思無邪)》, 시집 《시해양범(詩海揚帆)》 등이 있다.